KB077874

마그리트의 껍질

마그리트의

최석규 장편소설

껍질

팩토리나인

목 차

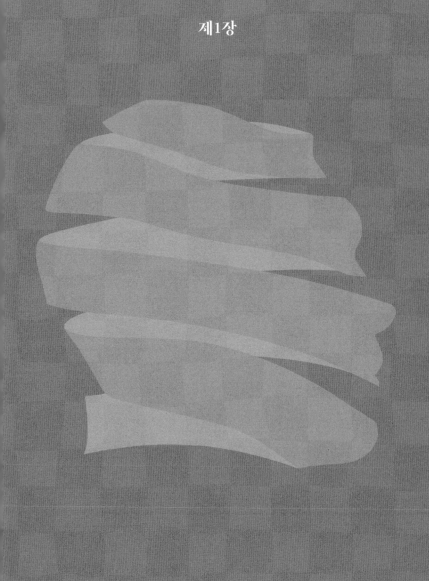

제1장

기억의 흔적

'내게 무슨 일이 있었던 걸까?'

복도 벽에 걸린 전신 거울을 빤히 바라보았다. 담당 의사는 기적이라고 말했다. 한강 하류의 갈대가 무성한 기슭에서 발견돼 응급실에 실려 왔을 땐 거의 죽은 것이나 다름없었다. 왼쪽 무릎 관절과 9번, 10번 갈비뼈 골절, 뒤통수의 깊은 상처, 저체온에 의한 쇼크, 의식 불명. 최악의 상태였다. 눈을 떴을 때 제일 먼저 본 것은 천장의 하얀 형광등이었다. 너덜너덜해진 몸뚱이는 정육점에 전시된 포장육처럼 병원 침대에 누워 있었다.

몸은 예상보다 빠르게 회복되어 갔다. 뼈는 붙었고 근육은 다시 탄탄하게 힘을 얻었다. 뒤통수의 수술 자국도 잘 아물었다. 오늘은 다리 깁스를 풀었다. 다음 주면 퇴원이다. 모든 것은 산책하는 절름발이 철학자처럼 천천히, 하지만 견고하게 제자리로 돌아왔다. 한 가지만 빼고는……

사고가 있기 전 기억은 칼로 도려내진 것처럼 깨끗이 사라졌다. 두개골 속 말랑말랑한 대뇌피질이 마치 해면처럼 군데군데 구멍이 뚫린 것만 같다. 서른둘 인생에서 2년이 송두리째 지워져 버렸다. 사라진 기억 속에 소중한 것이 있지는 않았을까. 날 지탱하던 무엇이 있었던 것은 아닐까. 햇볕이 따듯하게 데워놓은 병원 벤치에 앉아 온종일 생각했다. 기억이 있었을 자리에 온갖 상상과 추측이 물밀듯이 들어왔다.

불행 중 다행으로 일상의 기억은 그대로 남았다. 몇 년째 계속 사는 투룸, 다니던 직장, 하던 업무, 동료들, 늘 들르는 편의점, 주말이면 산책을 하는 공원과 뒷산, 출근 때마다 마주치는 옆집 여자 얼굴, 사고가 나기 전 구매한 노트북의 가격과 판매점 사장의 얼굴까지도 또렷이 생각났다.

손을 펼쳐 보았다. 손가락이 길고 고왔다. 예술가의 손처럼 보인다. 지워진 2년의 기간 동안 그림을 그렸거나 피아노를 배운 거라면 좋겠는데. 아침 10시면 병원 스피커에서 흘러나오는 뉴에이지 피아노곡을 흥얼거렸다. 바람이 폐로 들어가 선율에 맞춰 구석구석을 돌아다니다 입과 코로 뿜어져 나왔다. 옆구리에서 통증이 느껴졌다. 많이 아물었다고는 하지만 여전히 쑤셨다. 손바닥으로 갈비뼈를 문질렀다. 고통은 새삼 의문을 불러왔다. 난 다리 위에서 떨어진 걸까? 아니면 뛰어내린 걸까?

퇴원 전 병원에서 정신과 의사를 한 명 소개해 줬다. 정신 건강 클리닉을 운영하는 전문의로 기억상실증 치료 분야에서 실력을 인정받은 의사라고 했다. 틀림없이 도움이 될 거라고 했다. 클리닉은 집에서 멀지 않은 곳이었다. 퇴원 후 일주일이 지난 금요일 오후에 그를 만나러 갔다.

'신경정신과 전문의 박석준'. 그는 책상 앞에 놓인 권위적인 검은 명패가 별로 어울리지 않는 외모였다. 볼살이 터질 듯한 얼굴에 바늘구멍 같은 눈이 몰려 있어 신이 시간에 쫓겨 대충 빚은 찐빵처럼 보였다. 그가 물었다.

"마지막으로 기억나는 것이 뭔가요?"

"다리 위를 걷던 것은 기억납니다. 하지만 걷다가 정신을 잃었던 것 같아요. 버스 정류장에 내려서 집으로 가는 길이었고."

"그러고는요?"

"눈을 떠보니 병원이었습니다. 몸이 다 젖은 채 119에 실려 왔고요."

"흐음……. 의식을 잃고 다리 아래로 실족, 강물에 떠내려오다 우연히 뭍까지 밀려 나왔다. 대략 그런 기적 같은 이야기겠군요. 뭐, 불가능한 건 아닐 겁니다. 빠진 순간 무의식중에 본능에 따라 헤엄을 쳤을 수도 있고 나무줄기 같은 것에 의지해 나올 수도 있으니까. 아무튼, 정말 운이 좋았습니다. 젖은 몸으로도 추운 강가에서 살아남았으니까요."

그는 검사 결과 차트를 보여주며 내 상태에 대해 설명했다.

"강규호 씨에겐 역행성 상실증이 보입니다. 보통은 기억상실증, 그렇게들 말하죠. 기억상실증은 크게 완전 상실과 부분 상실로 나뉩니다. 완전 상실은 기억 자체가 불가능한 것을 말하는 것으로 이 경우는 정상적인 생활이 거의 어렵죠. 강규호 씨는 부분 기억상실의 일종인 역행성 단기 기억상실 증상을 보여요. 사고 전 특정 기간을 기억하지 못하는 병증입니다. 혹시 해리슨 포드라고 아시나요?"

"영화배우요?"

"네, 그 사람 이름을 딴 해리슨 신드롬이라는 것이 있어요. 예전에 그가 탄 비행기가 사고가 난 적이 있지요. 비행 중 엔진이 멈추고 거의 추락 직전이었어요. 근처 공항으로 어찌어찌 비상착륙을 해서 다행히 크게 다치지는 않았습니다. 하지만 문제는 그다음이었어요. 사고 전 5일간의 기억이 모조리 사라져버린 것이지요.

해리슨 포드는 자신이 추락할 뻔한 일은 기억하지만, 그 전에 자신이 며칠간 어디 있었고 무엇을 했고 심지어 왜 비행기를 탔는지조차 전혀 기억하지 못했어요. 살아남기 위해 뇌에서 공포의 기억을 깨끗이 삭제해 버리면서 발생한 부작용이죠. 일종의 자기방어 기제가 발동한 거예요. 일시적으로 뇌의 리코딩 기능을 멈춰버렸다. 쉽게 말하면 그런 겁니다."

이야기 내내 그는 컴퓨터에 무언가를 열심히 기록했다. 키보드 치는 소리가 요란했다. 그는 마치 리듬감을 즐기는 타악기 아티스트처럼 키보드를 두들겨댔다. 정신과 의사는 상담할 때 컴퓨터를 쓰지 않고 노트에 상담 내용을 조용히 적는다는 말을 어디선가 들은 적이 있다. 환자에게 안정과 신뢰를 주기 위해서라는 이유였다. 하지만 현실은 이렇게 달랐다.

"강규호 씨의 기억상실 원인은 사실 명확하지 않아요. 다리에서 추락했을 때 외부 충격 때문일 수도 있고 어떤 심리적 원인일 수도 있고, 아니면 원인 불명의 다른 이유일 수도 있겠죠. 일반인들이 흔히 알고 있듯이 머리에 강한 타격을 받아 생기는 기억상실의 비율은 매우 낮아요. 대부분은 정신적 충격 같은 다른 요소가 더 큰 영향을 끼쳐요. 그래서 예전에는 심인성 기억상실증이라 불렀어요. 요즘은 해리성 기억상실증이라고 말하고요. 어쩌면 사라진 2년간의 기억 속에 실마리가 있을지도 모르겠군요."

"회복은 될까요?"

"대부분은 저절로 회복됩니다. 특별한 치료를 받지 않아도요. 시간이 약이죠. 하지만 지금으로서는 정확하게 말하기 어려워요. 사람마다 달라요. 짧게는 몇 주, 길게는 몇 달, 운이 없으면 수년? 드물게 영원히 기억이 돌아오지 않을 수도 있어요. 기억 상실에 뚜렷한 효과를 보이는 치료법은 아직까진 없습니다."

말을 잠시 멈춘 그가 '기억 노트'라고 적힌 노트 한 권을 내 앞으로 내밀었다.

"일상 중에 뭔가 머릿속에 떠오르면 여기에 메모하세요. 사소한 것이라도 상관없어요. 그날의 날씨, 출근할 때의 기분, 읽은 책, 본 것, 우연히 만난 사람에 대한 느낌, 어디선가 본 듯한 데자뷔, 갑자기 기억나는 것. 뭐든 자유롭게 쓰세요. 매일 쓰면 좋지만 꼭 그렇게 할 필요는 없습니다. 그냥 툭툭 떠오르는 단편적 기억들을 편하게 적으세요. 그런 것들이 한데 어우러져 온전한 단서가 될 수도 있으니까요."

그는 웃으며 말을 이었다.

"미술 화법 중 포인티지라는 것이 있어요. 프랑스 화가 쇠라(Georges Seurat)가 창시한 것이에요. 화가가 팔레트에 색을 혼합해 원하는 색상을 만들어내는 것이 아니라 색깔 점을 직접 캔버스에 찍어 대상을 표현하는 방법이에요. 가까이에서 보면 그저 알록달록한 의미 없는 점들의 집합이지만 멀리서 보면 완성된 하나의 그림이 되죠."

"……."

"정신의학에서도 이런 방법을 이용합니다. 전문용어로 항시적 관찰 기록 기법이라고 해요. 소소한 일상의 변화를 계속 적다 보면 거기서 사라진 기억의 흔적을 발견할 수도 있거든요. 의미 없어 보이는 무수한 점들이 그림을 만드는 것처럼."

기억 노트는 주머니에 넣기 좋은 크기였다. 표지에는 푸른 사과가 그려져 있다. 배경이 파란 하늘과 구름이라 허공에 떠 있는 것처럼 보였다. 사과는 반쯤 벗겨진 상태로, 껍질이 공중에서 지상으로 흘러내렸다. 드러난 사과 속살은 노란 과육이 아니었다. 안은 텅 빈 상태였다. 노트를 펼쳤다. 흰 바탕에 줄만 그려져 있는 평범한 것이었다.

"희망적인 이야기를 하나 해드릴까요. 정신의학회 저널에 실린 어떤 환자에 대한 거예요. 그 남자는 사채업을 하는 사람이었는데 하필 잊어버린 기억이 돈을 빌려준 것에 대한 거였대요. 누구에게, 언제, 얼마나 빌려줬는지, 그런 구체적인 기억이 깨끗이 지워진 상태였죠. 그가 채무 관계에 대한 기억을 잊어버렸다는 소문이 나자 제일 큰돈을 빌린 사람은 마치 아무 일도 없었던 양 모르는 척했대요. 그렇게 1년, 2년, 수년이 지났어요. 어느 날 그 환자는 길을 가다가 우연히 강도를 만났습니다. 지갑에 있는 돈은 탈탈 털렸지만, 뜻밖의 행운을 얻었어요. 강도 사건 이후 잊었던 기억을 모두 되찾게 되었답니다. 역학조사를 해보니 기억을 되살린 직접적인 원인은 강도 팔에 그려져 있던 문신이었대요. 문신은 똬리를 튼 뱀이 장미를 물고 있는 그림이었는데 빚쟁이의 등에 그려진 것과 같은 거였죠."

"……긍정적인 이야기군요."

"이렇게 생각하면 이해하기 쉬워요. 종들이 가득한 방이 있어요. 강규호 씨는 거기서 제일 작은 종을 망치로 때립니다. 처음에는 종 하나만 징징거리며 울리겠지만, 공명 효과 때문에 주변의 가까운 종들도 곧 따라 울릴 겁니다. 소리는 점점 사방으로 퍼지고 결국 방 안의 종들은 모두 깨어나 같은 소리를 내게 됩니다. 하나의 울림에서 전체의 울림으로. 기억이라는 것은 그런 식으로 살아나는 겁니다. 그걸 '기억의 트리거링'이라고 부릅니다. 음, 앞으로 병원에 오실 때마다 기억 노트도 가져오세요. 물론 처방해 드리는 약도 꼬박꼬박 잘 드셔야 하고요. 곡물, 콩류, 견과류 같은 티아민이 풍부한 음식을 많이 드시는 것도 회복에 도움이 될 겁니다."

문득 뒤통수가 가려워졌다. 머리를 만지작거렸다. 볼록하게 돋아난 새살이 만져졌다. 내 행동을 물끄러미 바라보던 의사는 씩 웃으며 말했다.

"지금쯤 잘 아물었겠네요. 그렇죠?"

***

일요일 오후, 묵은 빨랫감을 세탁기에 넣었다. 스위치를 누르자 회전 통이 출렁이며 움직였다. 덜컹거리는 소리에 비포장

제1장

시골길을 달리는 낡은 리어카를 떠올렸다. 한참 사용하지 않아 기름때가 눌어붙은 가스레인지도 닦았다. 2인용 소파와 접이식 침대도 깨끗이 먼지를 털어냈다. TV, 책상, 의자, 탁자, 에어컨, 냉장고를 걸레로 훔쳤다. 창틀과 방충망도 분리해 물청소했다.

샤워를 끝내고 방으로 왔다. 팬티만 입은 상태로 책상에 앉았다. 속이 텅 빈 사과가 그려진 기억 노트를 꺼내 펼쳤다. 방에 있는 물건들을 보이는 대로 적기 시작했다.

PC 모니터 겸용 TV(직장 동료들이 사준 집들이 선물)

벽걸이용 복제 그림(그림 제목: 해변의 수도승, 카스파 다비드 프리드리히 그림. 파도가 치는 넓은 해변에 수도승 한 명이 검은 하늘과 잿빛 바다를 바라보고 있다. 배경이 새까맣게 타 죽은 나무처럼 검다. 멀리 폭풍우가 몰려온다. 그림을 좋아하진 않지만 밋밋한 벽을 가리기 위해 재작년 기념품 가게에서 샀다.)

5단 책장(가구점 점포 정리 때 50% DC로 구매)

전자레인지(제일 최근에 산 것. 방에서 가장 빈번히 사용하는 가전)

언제, 어떻게, 왜 샀는지 똑똑히 기억났다. 하지만 두 가지 물건의 출처는 전혀 생각나지 않았다. 소형 금고와 한 장의 사진이다. 금고는 화장실 변기 뒤쪽 타일 벽에 박혀 있었다. 그것을 찾은 건 순전히 우연이었다. 볼일을 보고 나오다가 벽에 미세한 틈이 있는 것을 발견했다. 그 사이로 반짝거리는 것이 보였다. 타일을 움직이니 미닫이문처럼 드르륵 열렸다. 비밀 금고였다.

크기는 라면 상자만 했다. 툭툭 쳤다. 쇳덩어리가 둔탁한 소리를 냈다. 앞으로 당기고 뒤로 밀어봤지만 꿈쩍도 하지 않았다. 시멘트로 단단히 고정되어 있어 꺼내긴 힘들 것 같았다. 금고 문에는 전자 키패드가 붙어 있다. 아홉 개의 버튼과 오픈, 클로즈라고 쓰인 붉은 버튼이 달린 것이다. 2에는 'ABC', 3에는 'DEF' 같이 0을 제외한 숫자 밑에는 알파벳이 붙어 있다. 사무실에서 자주 볼 수 있는 전화기의 다이얼 패드 같은 형태다.

아무 숫자나 눌렀다. 에러음이 났다. 5회 입력 오류 후에는 아예 작동을 멈췄다. 1분쯤 지나자 띠리리 하는 소리와 함께 다시 입력받을 준비를 했다. 안에 무엇이 있을까. 궁금했다. 다이얼 패드와 금고 모델 번호가 잘 보이도록 앞면을 핸드폰으로 찍었다.

사진도 같은 곳에서 발견했다. 금고와 타일 벽 틈새에 끼워져 있었다. 명함의 반만 한 크기였다. 사진 속 인물은 긴 머리에 안경을 쓴 젊은 여자다. 환하게 웃고 있다. 애인? 친구? 아는 동생? 전혀 기억나지 않았다. 여자의 얼굴을 자세히 살폈다. 눈썹이 미려하고 선이 곱다. 쌍꺼풀 없는 눈이 깊다. 입술이 튤립처럼 붉고 섹시했다. 턱선과 목이 매끈했다. 꽤 미인이다. 사진 뒷면을 보았다.

　뒤를 조심할 것.

　내 필체다. 이상한 기분이 들었다. 심장이 개구리처럼 펄쩍펄쩍 뛰어올랐다. 움직임이 격렬해 입 밖으로 뿜어져 나올 것만 같았다. 뇌는 여자의 존재를 잊었지만 심장은 그녀를 기억했다. 지갑을 꺼냈다. 펼칠 때마다 얼굴이 잘 보이도록 지갑 속투명 케이스 안에 사진을 끼워 넣었다. 운이 좋다면 날 아는 이들 중 이 여자가 누군지 아는 사람을 찾을 수도 있을 것이다.

　화장실 안의 사진과 금고, 둘은 어떤 연관성이 있어 보인다. 두 가지에 대해 기억 노트에 적으려다가 그만두었다. 무엇인지 정확히 알기 전까진 쓰지 않는 편이 나을 것 같다. 남에게 보여주기 부끄러운 것이 거기에 숨겨져 있을지도 모르니까 말이다.

　자리에서 일어났다. 전신 거울을 바라봤다. 털이 별로 없는 하얀 몸은 적당히 근육이 붙어 제법 탄탄했다. 배 아래 쪽에 맹장 수술을 한 자국이 보였다. 20대 초반, MT를 갔다가 응급실에 실려 가서 받은 수술이다. 파랗게 깎인 턱을 손바닥으로 쓰다듬었다. 까칠한 감촉이 손끝을 간지럽혔다. 입술을 만지작거렸다. 어릴 적 미끄럼틀에서 놀다가 떨어져 다친 흉터가 잡혔다. 배꼽 위 붉은 점을 물끄러미 바라봤다. 태어날 때부터 있었던 거지만 나이를 먹을수록 더 커지는 것만 같다. 손거울을 들고 머리 뒤를 비췄다. 다른 손으로 머리카락을 위로 추어올렸다. 귀 뒤에서부터 목 쪽으로 길게 이어진 불그스름한 초승달 같은 흉터가 나타났다. 의사 말대로 꽤 잘 아물었다.

냉장고 문을 열었다. 빼곡히 채워진 캔 콜라들이 날 반겼다. 하나를 꺼냈다. 이빨 빠진 모양이 마음에 들지 않았다. 내일 편의점에서 사서 채워놔야겠다. 뚜껑을 따 단숨에 마셨다.

저녁 식사 후 산책하러 나왔다. 모처럼 화창했다. 뒷산으로 가는 소로를 따라 걸었다. 이 동네로 이사 온 후 아마도 이 길을 수천 번은 오르내렸을 것이다. 나무 한 그루, 작은 바위 하나, 풀 한 포기까지 눈에 익었다. 중턱에서 바삐 움직이는 일꾼들이 보였다. 그들은 겨우내 나무에 감아놓은 볏짚을 수거해 한곳에 모아놓고 태우는 중이었다.

어릴 적 기억 하나가 떠올랐다. 초봄이었다. 나무 밑동에 감아놓았던 지푸라기 겉옷을 모아 공터에서 태우는 것을 본 적이 있다. 누군가가 왜 짚을 불태우느냐고 물었다. 잘난 척이 심한 친구가 답했다. "겨우내 나무가 얼어 죽지 않게 해준 고마운 볏짚을 위해 제사를 지내는 거야." 그 말에 모두 숙연히 타오르는 불꽃을 바라보았다.

아이들의 순진한 모습에 나는 웃음을 참을 수가 없었다. 난 오래전부터 지푸라기를 모아 태우는 이유를 알았다. 땅인 줄 알고 꼭꼭 숨어 들어간 따뜻한 볏짚은 실은 나무를 갉아 먹는 벌레들의 무덤인 것을, 지푸라기는 추위로부터 나무를 보호하기 위해 만든 옷이 아니라 벌레들을 유인하기 위한 달콤한 미끼라는 것을, 난 이미 알고 있었다. 벌레들은 멍청해서 불에 타 죽은 것뿐이다.

걸음을 멈추고 섰다. 안주머니에서 기억 노트를 꺼내 적었다.

봄. 나무. 병충해 예방용 볏짚. 화형당한 벌레들.

집으로 돌아가기 전 자물쇠 가게에 들렀다. 현관문 전자 도어 록, 다이얼 자물쇠, 방문 손잡이 등이 벽 한 면을 가득 채운 가게 안은 유난히 TV 소리가 컸다. 주인아저씨는 책상 위에 발을 올려놓고 발톱을 깎는 중이었다. 스피커에서 흘러나오는 뽕짝 리듬에 맞추어 손톱깎이가 딸깍딸깍 소리를 냈다. 희고 딱딱한 것들이 벼룩처럼 사방으로 튀어 올랐다. 인기척을 냈더니 날 바라봤다. 그가 얼른 발을 내렸다.

"어서 오세요."

"여기, 금고도 판매하나요?"

"금고 찾으세요? 개인용 소형 금고는 여기 카탈로그 보시면 되고 사무실용은 몇 개 샘플이 있는데, 가만있자……."

주인은 몸을 일으켜 세웠다. 뒤쪽 창고로 들어가려는 것을 내가 붙잡았다.

"이 모델이 어떤 건지 알 수 있나요?"

핸드폰으로 찍어놓은 화장실 금고 사진을 보여주었다.

"국산은 아닌 것 같은데."

그는 고개를 갸웃거렸다. 사진을 확대해 자세히 살폈다.

"총? 아! 이거 남미제예요."

금고 하단에 권총 모양이 양각되어 있었다. 도금이 좀 벗겨지긴 했지만, 윤곽이 분명했다. 아까는 내 그림자에 가려 발견하지 못한 것이다. 그 아래 브랜드명과 모델 번호가 적혀 있었다. 주인은 제품 소개 책자를 뒤적였다. 모델 번호를 확인했다.

"플라타 오 플로모사의 M42-A형. 이거 나온 지 꽤 지나서 이젠 판매도 안 할걸요. 이런 골동품을 어디서 구하셨어요?"

나는 대답 대신 본론을 꺼냈다.

"제가 비밀번호를 잊어버려서 그런데 이거 열 방법 있습니까?"

"힘들 겁니다. 구닥다리지만 워낙 튼튼해서요. 옛날에 이 회사의 비슷한 모델을 열어달라는 의뢰를 받았는데 아주 많이 고생했어요. 후져 보여도 유럽 ECB-S 방도 시험도 통과한 1등급인걸요. 웬만한 화재나 침수에도 끄떡없고, 드릴이나 해머, 산소절단기, 그라인더도 소용없어요. 수류탄으로도 부수기 힘들어요. 20센티 두께의 3중 철제 패널, 이음새 없는 마감, 전류 충격 방지 장치, 콘크리트 스틸 매쉬에 세 방향 액티브 볼트 구조로 아주 잘 빠졌죠. 이중 굴곡 형태라 프레임 전체가 데드 볼트 역할을 해요. 이걸 열 방법은 오직 비밀번호뿐이에요."

"네 자리 숫자인가요?"

"그건 정하기 나름이죠. 최대 여덟 자리인가 그래요."

주인은 사진을 다시 살폈다.

"근데 이게 어디에 들어 있는 건가? 옆에 변기가 있네. 왜 이놈이 화장실 벽에……."

가게 주인은 말을 하다가 멈췄다. 머리부터 발끝까지 엑스레이처럼 날 스캔했다. 난 가게를 나왔다.

* * *

집, 회사, 편의점, 산책. 기억은 사라졌지만 달라진 것은 없다. 쳇바퀴를 밤새 굴리면서도 왜 달려야 하는지 이유를 생각해 내지 못하는 다람쥐처럼 내 생활도 변함없이 돌아갔다. 다음 주부터 다시 출근해야 한다. 모두 최경식 대리 덕이다. 최경식 대리는 사내에서 나와 가장 많은 시간을 보낸 직원이다. 그는 사수로서, 3년 인생 선배로서 세심하게 날 가르쳤다.

'지금은 서로를 믿지 못하는 시대야. 그래서 감시 카메라가 곧 힘이고 돈이지. 고로 우리 회사에서 제일 중요한 부서는 바

로 여기, CCTV 부서야. 강규호 씨, 정말 선택 잘했어.'

첫 외근을 함께 나가며 그는 그렇게 말했었다.

최경식 대리는 퇴근길에 우리 집에 들렀다. 무사 퇴원 기념이라며 열두 캔짜리 콜라 상자를 들고 왔다. 오랜만에 보니 얼굴이 더 홀쭉해졌다. 가뜩이나 마른 몸에 가죽만 남은 것 같았다. 그는 얼마나 힘들게 내가 산재 처리를 받게 했는지, 사장과 인사부 담당자를 어떻게 구워삶아 날 다시 출근할 수 있게 했는지 공치사에 열을 올렸다. 내 침대에 편안히 누운 채 까놓은 과자를 연신 씹어대면서 말이다.

"우리 회사에서 제일 능력 있는 필드 엔지니어니까 웬만큼 나았으면 하루빨리 데려오는 것이 좋을 것 같습니다."

그는 사장 앞에서 했던 말을 내게 다시 들려줬다. 마치 삼류 재연 배우처럼 말투가 어색했다. 몸 상태에 관해서도 물었다.

"거의 회복됐어요. 하지만 몸보다는 다른 데가 더 문제예요."

"어디?"

나는 손끝으로 이마를 툭툭 쳤다.

"여기."

그리고 역행성 기억상실증에 대해 설명했다. 치료해도 완전히 회복된다고 장담할 수 없다는 말에 최경식 대리는 놀라워했다.

"설마 나도 못 알아보는 거야?"

"내 이름, 나이, 동료 직원들, 하던 일, 우리 집 주소, 그런 건 전혀 문제없어요. 만일 까맣게 잊어버렸다면 퇴원 후 집으로 돌아오지도 못했겠지요. 하지만 삶의 일부분, 사고 전 2년 동안의 기간만 기억나지 않아요."

"어떻게 그럴 수가 있지? 기억이 그렇게 딱 잘라 부분적으로 사라질 수도 있어?"

"잘 모르겠어요. 드물게 그럴 수 있다고 하더라고요. 아무튼 의사도 시간을 두고 보자고 해요."

"그래? 그렇군."

"······."

"이거 좀 곤란하게 됐네."

최경식 대리는 난감한 표정을 숨기지 못했다. '기억상실 때문에 업무 능력이 예전 같지 않으면 어쩌지?' 표정에 그렇게 쓰여 있었다. 난 그가 들고 있던 CCTV 매뉴얼을 가리키며 말했다.

"이젠 우리 회사도 블릿형 카메라를 취급하기로 했나요? 이 모델은 초점 거리가 고정되어 있어 범용성이 떨어질 텐데요. 화각도 좁고. 요즘도 여전히 돔형이 제일 많이 설치되죠? 얼마 전 우리 동네 빌라 광장에 파노라마 카메라를 설치하더라고요. 살펴보니까 JS-5022-D 모델이었어요. 피시아이 렌즈를 사용하는 고급형이라 영상을 합성해 파노라마 형태로 제공하고 사각지대 없이 한 번에 담아낼 수 있어 좋긴 하지만 가격이나 유지 보수가 까다로워서 국내에서는 잘 쓰지 않는 것인데. 왜 그런 고가 제품을 구매했을까요? 게다가 가상 PTZ를 써서 플랫 영상으로 데이터를 뿌려주는 방식이라 회선당 단가도 세고 최소 쓰리 스트림으로 뽑아줘야 하니까 백 엔드의 DVR 같은 장비도 상당히 비싼 것이 들어가야 할 테고. 그 지역은 부자 동네라 그런가 봅니다."

최경식 대리의 얼굴이 한결 편안해졌다.

"기억상실증 걸렸다는 거 회사에서 절대 말하지 마, 인사고과에 좋을 것 하나 없으니까. 이건 우리끼리만 아는 비밀."

그는 자기 입을 지퍼로 잠그는 시늉을 해 보였다.

최경식 대리와 함께 저녁을 먹으러 근처 식당으로 갔다. 밥 먹는 내내 그는 회사 이야기부터 최근에 미팅에서 만난 여자에 관한 것까지 온갖 수다를 떨었다. 그리고 얼마 전 의뢰받은 카메라를 설치하다가 비용 문제로 건물주와 다툰 일을 꺼냈다.

"강규호 씨가 있었으면 어떻게든 부드럽게 잘 넘어갔겠지. 화 한번 내는 법 없이 잘 처리하잖아. 회사에서 오죽하면 진상 고객들은 몽땅 우리 팀으로 배당했을까. 규호 씨야 타고난 성품이 젠틀하니까 별 스트레스 없이 일하겠지만 난 그놈의 욱하는 성질 때문에 정말 힘들어."

"내가 그렇게 점잖아 보여요?"

"당신만 그걸 몰라. 성실하고 매너 좋은 걸. 아! 그래서 우리를 한 팀으로 붙여줬나 보다. 규호 씨 보고 좀 배우라고. 그러고 보니 함께 일한 지도 참 오래다. 척하면 착, 눈빛만 봐도 알 정도니까. 하하하."

최경식 대리는 아이처럼 웃었다. 그는 정말로 내 모든 것을 알고 있을까? 지갑을 꺼내 미스터리 여자 사진을 보여줬다.

"와, 예쁘다! 누구야? 애인?"

"이 사람 알아요?"

"내가 어떻게 알아?"

그는 시선을 사진에서 떼지 못한 채 통명스럽게 답했다.

소소한 대화가 더 이어졌다. 김형석 사장은 여전히 어울리지 않는 구레나룻을 하고 있는지, 틈만 나면 남들 앞에 나서는 버릇은 여전한지, 술 마시면 지금도 개가 되는지 물었다. 사실 그것이 그렇게 궁금하진 않았지만, 딱히 할 말이 없어서였다. 최경식 대리는 사장에 대한 뒷말로 앉은 자리에서 한 시간을 또 보냈다. 그동안 난 콜라 두 캔을 더 마셨다.

"콜라 좋아하는 건 기억에서 지워지지 않은 모양이지?"

"예?"

"오죽하면 회사에 탄산수 제조기를 가져다 놨겠어?"

좋아하는 것: 콜라.

그날 밤 기억 노트에 하나를 더 써넣었다. 기억이 지워졌다는 것이 어떤 것인지 겪어보지 못한 사람은 이해하기 힘들 것이다. 스릴러 영화에 한참 몰입하다가 범인이 누구인지 밝혀지려는 순간 갑자기 필름이 툭 끊어져 버리는 것 같은 그리고 다시 영사기가 켜졌을 때 스크린에 엔딩 크레디트가 올라가는 것 같은 느낌이다. 원인을 알 수 없는 암전의 시간, 그곳에 답이 있다.

***

출근 첫날, 김형석 사장이 사장실로 불렀다. 몸은 괜찮아졌는지, 쉬는 동안에는 어떻게 지냈는지, 의례적인 안부를 물었다. 사장은 한층 짙어진 구레나룻을 쓰다듬으며 자기 자신도 믿지 못할 말로 대화를 끝냈다.

"일 열심히 하다 보면 다시 예전처럼 건강해질 거야. 원래 성실하던 사람이 그냥 놀면 병나는 법이거든. 앞으로도 계속 수고 좀 해주게."

유독 나른한 어느 오후였다. 사장은 낯선 남자와 함께 사무실로 들어왔다.

"여기 주목들 하세요."

CCTV 부서의 현장관리지원팀, AS팀, 영업총괄팀, 모든 부서 사람들의 시선이 일제히 한 남자를 향했다.

"오늘 새 식구가 오셨습니다. 앞으로 우리 회사와 함께 큰 꿈을 이룰 분을 소개해 드립니다. 여기 잘생긴 분은 이병오 박사님."

"이병우입니다."

"하하하, 이런 실수를⋯⋯."

사장은 멋쩍게 웃었다.

"이병우 박사님께선 전에 S그룹 연구소에 계셨고 그 전에는 K그룹 영상 통신 개발 부서에서 근무하셨습니다. 앞으로 우리 회사 영업총괄팀장을 맡아주실 겁니다."

이병우 팀장은 가볍게 묵례했다. 딱 벌어진 가슴과 군살 하나 없는 복부, 바지가 꽉 낄 정도로 단단해 보이는 허벅지. 한눈에 보기에도 다부졌다. 눈매는 날카로웠다. 홀쭉한 두 뺨과 20도쯤 좌우로 치켜 올라간 눈썹, 차가워 보이는 무테안경 때문에 더욱 그렇게 보였다. 옆에 서 있던 최경식 대리가 내 옆구리를 쿡 찔렀다.

"코딱지만 한 회사에 웬 고스펙 엘리트?"

사무실에 비치된 탄산수 제조기에서 뽑은 콜라를 들고 회사 주차장으로 갔다. 최경식 대리에게는 편의점에서 사 온 드립 커피를 건넸다. 차에 올라탔다. 운전대는 최경식 대리가 잡았다. 강남 어느 빌딩에 설치할 IR 카메라를 들고 출발한 것은 아침 10시가 조금 넘어서였다. 이동하는 내내 그는 이 모델에 대한 장단점을 조목조목 설명했다.

"적외선 LED가 부착돼 있어 야간 촬영이 가능하긴 하지만 IR 개수가 많지 않아 선명도는 좀 떨어져. 그래도 뭐, 실내외 겸용 하우징을 써서 방진, 방수 능력은 괜찮은 편이야. 하지만 정작 장점으로 내세운 Auto Iris 기능은 별로야."

"실내에 설치한다고 그랬죠?"

"음, 1층 복도 화장실 근처."

"실내에 왜 적외선 카메라를 설치하죠?"

"거기 전등이 자주 나간대. 컴컴해지면 보통 카메라로는 영상이 잘 찍히지 않고."

"그러면 전등을 자주 갈아주면 되잖아요?"

최경식 대리는 잠시 눈을 끔뻑이다가 말했다.

"그러게?"

도착하자마자 CCTV를 설치하기 시작했다. 최경식 대리는 카메라를 한 손으로 받치고 천장에 나사를 하나씩 박았다. 천장에 하얀 먼지가 일었다. 난 아래에서 사다리를 단단히 붙잡고 버텼다. 건물 관리인은 카메라를 바라보며 마뜩잖은 표정을 지었다.

"그거 왜 그렇게 커요? 그러면 사람들 눈에 잘 띌 것 아니요?"

"이건 감시 카메라지 몰카가 아닙니다. 카메라는 조그만 것보다 애처럼 덩치가 있는 편이 성능이나 안정성 면에서 더 좋아요. 게다가 이 정도는 되어야 뭔가 사람을 압도하는 느낌을 주거든요."

"……"

"여기 렌즈에서 레이저 빔 발사될 것 같지 않아요?"

최경식 대리가 농을 던졌다. 관리인은 웃지 않았다. 천장 설치가 끝난 후 DVR과 연결 작업을 했다. 관리실 모니터 연동 테스트, PTZ 동작 점검, IR 기능 시험, 녹화 및 알람 체크를 했다. 관리인은 사무실과 복도를 오가며 여기저기 다른 각도에서 카메라 위치를 확인했다. 작업이 다 끝나니 저녁때가 됐다.

건물 밖으로 나오면서 최경식 대리가 조그맣게 말했다.

"카메라를 자꾸 확인하는 사람은 두 종류밖에는 없어. 죄지은 자이거나 죄를 지으려는 자."

* * *

영업총괄팀에 이병우 팀장이 영입된 후 매출이 많이 늘었다. 설치 의뢰, 주문, 고장 접수가 예년과 비교해 두 배는 됐다. 덕분에 현장지원팀뿐만 아니라 AS팀, 자재팀, 모든 관련 부서가 바빠졌지만, 사장의 기름 번들거리는 입은 늘 귀에 걸려 있었다.

이병우 팀장은 열린 사람이었다. 직원들과 허물없는 대화를 즐겼다. 직장 상사는 물론 막내 사원에게까지 말을 놓지 않았고 대하는 매너 또한 발랐다. 그래서 특히 아랫사람들에게 인기가 좋았다. 우리 팀은 일주일에 두 번, 업무 보고를 했다. 기술적인 문제는 물론이고 외근 시 애로 사항까지 자유롭게 말하면 그는 사소한 것도 노트북에 꼼꼼히 기록했다.

그가 내게 물었다.

"강규호 씨, 얼마 전 퇴원하셨다는 말을 들었는데 바로 현장 나가는 것이 힘들지는 않나요?"

다시 보니 무테안경 너머 두 개의 눈이 처음 보았을 때보다 덜 매서워진 것 같았다. 내가 뭐라 대답하기도 전에 최경식 대리가 끼어들었다.

"이 친구, 워낙 체력이 좋아서요. 아주 잘 적응하고 있습니다. 어째 병원 신세 지기 전보다 더 잘하는 것 같다니까요. 새로운 기술도 금방금방 배우고, 스펀지처럼 쪽쪽. 하하하."

팀장 자리 뒤쪽이 자꾸 신경 쓰였다. 창가 옷걸이에 걸린 옷은 빛바랜 검은색 도복이었다. 정권 부위가 다 해진 붉은 글러브도 있었다. 책장에는 각종 무술 대회 상패와 트로피가 진열되었다. 그 사이로 장식 받침대 위에 놓인 30센티미터 정도 길이의 막대 두 개가 보였다. 이병우 팀장이 내 표정을 읽고 답했다.

"몸 부딪치는 운동을 좋아해서요."

최경식 대리가 물었다.

"무슨 운동 하시나요, 팀장님?"

"그냥 이것저것 조금씩 해요. 합기도, 이종격투기, 권투 등등."

"이야, 대단하십니다. 싸움 엄청나게 잘하시겠네요?"

이병우 팀장은 그냥 웃기만 했다.

"저 짧은 막대는 목검인가요?"

"검이 아니라 올리시라는 스틱입니다. 강도가 좋은 대나무로 만들어요. 저 스틱을 사용하는 무술은 아르니스라고 해요. 에스크리마, 칼리 등 여러 다른 이름으로도 불리죠. 필리핀 말로 '칼'은 손, '리'는 그림자의 움직임이라는 뜻이에요. 칼리는 단순해 보여도 제대로 다루려면 꽤 훈련이 필요합니다."

두 개의 막대가 만들어내는 '손그림자의 움직임'. 이병우 팀장과 잘 어울릴 것 같았다.

"최경식 대리도 운동을 좀 해보시죠. 마른 체형도 보기 좋게 살이 붙거든요."

"그러고 싶긴 한데 제가 워낙 저질 체력이라. 하하하."

"강규호 씨는 어때요?"

"전 운동을 별로 좋아하진 않습니다."

"딱 보기에는 남자 한둘은 한 방에 끝내버릴 것 같은데."

최경식 대리가 또 끼어들었다.

"하하하. 이 순둥이가요? 강규호 씨는 벌레 하나 못 잡는 친 군데? 게다가 운동은커녕 건강에 너무 신경을 안 써요. 완전

콜라 중독자라니까요."

"아, 콜라. 콜라 좋아하시는구나."

"……."

"술은 드시나요?"

"못 합니다."

"커피는?"

"못 먹습니다."

"카페인 때문에요?"

"아니요."

"그럼?"

"써서요."

내 말이 재미있는지 팀장은 크게 웃었다. 최경식 대리도 웃었다. 나도 따라 웃었다. 사무실 유리창에 비친 반투명한 내 모습이 어쩐지 어색했다. 그가 말했다.

"언제 내가 다니는 체육관에 함께 갑시다. 꽤 재밌을 겁니다."

며칠 후, 여직원이 새로 왔다. 이름은 차수림이다. 사장 비서로 채용됐다고 들었다. 이병우 팀장이 사장에게 소개해 준 인재라고 했다. 그녀는 회사 내 누구보다 일찍 나왔고 만나는 모든 직원에게 먼저 다가가 인사했다. 매사 상냥했다. 게다가 젊고 예뻤다. 웃을 때 살짝 생기는 오른쪽 보조개는 뭇 총각들 마음을 흔들었다. 최경식 대리는 우연을 가장한 계획된 행동으로 그녀에게 수작을 걸었다. 언제부턴가 최경식 대리의 대화 주제는 무엇으로 시작하든지 늘 차수림에 관한 것으로 끝이 났다.

금요일 밤이었다. 이날은 일찍 외근을 끝내고 오후 3시경 사무실로 돌아왔다. 사이트 지원 때문에 필드 엔지니어는 물론 AS 직원들까지 모두 지방 출장을 나간 탓에 홀로 사무실을 지켰다. 내 책상에 노란 포스트잇이 붙어 있었다.

강규호 씨, SC 카메라 보드 교체 좀 부탁해. 오늘 AS팀 모두 출장 중이야. 쏘리.

공동 작업용 테이블 위에는 고객들이 수리 요청한 장비들이 산적했다. 정수기 옆에 비치해 놓은 탄산수 제조기로 갔다. 머그잔을 노즐 아래 가져다 놓았다. 버튼을 눌렀다. 콜라가 부글거리며 잔으로 쏟아졌다. 단숨에 들이켰다. 맵고 달콤한, 톡 쏘는 거품 알갱이들이 검은 액체에 실려 식도를 타고 자갈 굴러가는 소리를 내면서 위장으로 떨어졌다.

제조기 옆에 못 보던 기계가 들어와 있다. 사무실용 커피 메이커였다. 물은 호스로 정수기와 연결되어 있고 상부 투명한 통에 로스팅한 원두커피가 가득 차 있다. 아메리카노를 종이컵에 받아 조금 마셔보았다. 썼다. 혀 감각이 새까맣게 마비되는 것만 같았다. 남은 커피를 전부 버렸다. 콜라로 입을 헹궜다. 머그잔에 다시 콜라를 가득 채워 작업 테이블로 돌아왔다.

"참 좋아하시네요."

한참 수리에 몰두하고 있는데 뒤에서 말소리가 들렸다. 차수림이었다. 그녀는 언제부턴가 나를 지켜보고 있었다.

"네?"

"콜라요."

"……그냥 습관이 돼서요."

"콜라보다는 다른 음료가 낫지 않을까요?"

"……."

"하다못해 다이어트 콜라라도."

"……."

"건강을 위해서."

"저도 가끔 다른 거 마셔요."

"뭘요?"

"흰 우유."

"왜요?"

"그냥…… 하얀색을 보면 좋아서요."

"흰색, 까만색. 극과 극을 좋아하시네요."

그녀가 웃었다. 천장 형광등에서 쏟아지는 환한 빛이 큰 눈과 붉은 입술에서 부서졌다. 다음 날 출근을 하니 책상 위에 흰 우유 하나가 놓여 있었다.

* * *

퇴근길에 편의점에 들렀다. 6찬 도시락을 집었다. 콜라 두 상자, 1리터짜리 우유, 몇 가지 생활용품을 바구니에 담았다. 계산대에 올려놨다. 콜라만 들고 다시 냉장고로 갔다. 다이어트 콜라로 바꿨다. 하나를 따 마셔봤다. 톡 쏘는 정도가 좀 약했지만, 그럭저럭 괜찮았다. 물건을 계산했다. 편의점 사장은 코끝에 얹어놓은 듯한 두꺼운 돋보기안경 너머로 빤히 날 바라봤다. 벌겋게 충혈된 흰자위와 검버섯 잔뜩 긴 눈가 때문에 꽤 초췌해 보였다. 그는 물건을 봉투에 담으며 말했다.

"오늘은 다른 것 좀 먹어보지. 만날 6찬 도시락이야."

"다음에 먹어볼게요."

"걱정돼서 하는 말이야. 아무리 편의점 밥이라도 그렇게 편식하면 쓰나. 골고루 자셔야지. 도시락, 콜라, 우유. 늘 똑같아."

"제가 항상 그렇게 먹나요?"

사상은 눈썹을 위로 한껏 추어올리며 헛웃음을 지었다.

"이 친구도 참……. 편의점 도시락 아니면 짱깨 음식, 둘 중하나잖아. 그것도 주야장천 한 가지 요리만."

"무슨 요리요?"

"양장피! 저 집이 맛있다면서?"

사장은 건너편 중국집을 가리켰다. 새빨간 간판이 흰색 벽과 대비되어 유난히 눈에 띄었다. 아무래도 내 생각이 틀린 것 같다. 일상의 기억은 온전히 살아남은 줄 알았건만. 편의점 주인은 신제품 매대에서 햄버그스테이크 도시락을 집어 봉투에 넣어주었다.

"돈 안 받을 테니 맛이나 봐. 고기는 따로 프라이팬에 데워. 밥은 전자레인지에서 3분 30초 돌리고."

그는 내 표정을 힐끗 보더니, 한마디를 더 보탰다.

"그런 얼굴 하지 마라. 단골이라 서비스로 주는 거니까."

고개를 꾸벅 숙여 감사를 표했다. 밖으로 나왔다. 중국집으로 갔다. 문이 잠겨 있다. 개인적인 일로 3일간 문을 닫는다는 손으로 쓴 메모가 유리문에 붙어 있었다.

파란 간판 앞에 섰다. 책을 빌려주는 작은 가게다. 예전에는 DVD 영화 대여도 같이했지만, 넷플릭스 같은 OTT 서비스 때문에 지금은 접은 지 오래다. 그래도 간판은 옛날 그대로였다.

"소설이 영화를 만났을 때."

적힌 것을 소리 내어 읽었다. 혀의 움직임에서 익숙한 리듬 감이 느껴졌다. 문을 열고 안으로 들어갔다. 주인아줌마는 TV에 정신이 팔려 손님이 들어온 것도 모르는 것 같았다.

훤칠한 외모, 청산유수 달변가, 여덟 살이나 나이를 속이고 결혼 빙자 간음을 한 남자, 온갖 거짓말로 금품 갈취를 한 남자. 변호사, 세무사, 의사, 경찰, 만나는 사람마다 달라지는 직업. TV 화면은 영화 같은 어느 사기꾼의 인생을 보여주었다. 실화를 극화한 보도 프로그램이었다. 실제 범인의 얼굴이 화면에 나왔다.

함께 TV를 보던 다른 아줌마가 욕을 해댔다. 입에는 씹던 사과가 가득해 발음이 부정확했다.

"저 도둑놈의 새끼. 저 정성이면 딴 일을 했어도 금방 부자 됐겠네."

"그러게요, 형님. 근데 저 얼굴은 딱 사기꾼 면상이네. 금방 알겠어요."

"어떻게?"

"저리 반반하게 생긴 사내놈은 도대체 믿을 수가 없어요."

"호호호. 동생, 책 대여점 때려치우고 돗자리 펴야겠네."

난 헛기침을 했다. 인기척을 알아차리고 주인아줌마가 뒤를 돌아봤다. 얼굴이 축구공처럼 터질 듯 동그랬다. 나를 보자마자 살 속에 파묻힌 작은 눈이 커다랗게 변했다. 아줌마는 호들갑을 떨며 반겼다.

"어머! 규호 총각, 그동안 뭐 하느라 한 번도 안 들렀어?"

"……좀, 바빴어요."

나는 예전에 빌렸던 DVD 목록을 보여달라고 했다.

"그 사업 접은 지 오래인데 왜 보려고 해?"

말은 그렇게 하면서도 옛 장부를 꺼내 보여줬다. 액션, 스릴러, 애니메이션, 성인용 에로 영화까지 특별한 취향은 없어 보였다. 인기 순위에 따른 것도 아니었다. 그냥 손에 잡히는 대로 보는 것 같다. 특이한 제목의 영화도 있었다. '그녀를 쫓던 젊은이의 팬티'. 동유럽 독립 영화다. 도대체 어떤 내용일까? 빌린 책 목록도 살펴보았다.

《초보자를 위한 창업 교실》,《금융 경제의 이해》,《빅데이터 분석과 이용》,《SNS 마케팅으로 돈 버는 법》. 주로 실용서를 빌렸군.《세계의 고기 요리 백서》,《젓갈의 신비》,《맛있는 육포 만드는 101가지 방법》. 이런 책은 뭣 하러 빌렸을까.《현대 복싱 교본》,《주짓수 4주 완성》,《실전 무기술》. 무술과 호신술에 관한 것도 보였다. 내가 운동을 좋아했던가.

하지만 대다수는 소설이었다. 그것도 시시껄렁한 판타지나 연애소설, 라이트 노벨이 아니라 고전문학이었다.《호밀밭의 파수꾼》,《이방인》,《1984》,《위대한 개츠비》,《참을 수 없는 존재의 가벼움》,《수용소의 하루》……. 정말 이런 책들을 다 읽었을까. 이 많은 책을 다 보기는 했을까. 겐자부로, 카뮈, 솔제니친, 발자크, 포크너, 나쓰메 소세키……. 이 작가들의 글을 진짜로 읽었을까?

대여한 책 중 내용이 생각나는 것은 없었다. 2년 동안 빌려 본 양은 상당했다. 이 정도라면 거의 작은 도서관 수준은 될 것 같다. 하지만 집에는 책이 한 권도 있지 않다. 빌려서 보기만 할 뿐 소장하지는 않았다. 어쩌면 난 활자를 통해 오르가슴을 얻는 부류일지도 모른다. 세상에 그런 사람들이 있다는 이야기를 어디선가 들은 것 같다.

"이거 좀 받아."

주인아줌마는 내가 마지막으로 주문했다는 책들을 창고에서부터 낑낑거리며 가지고 나왔다. 여덟 권이나 되는 책이다. 《타인과 그의 뱀 그림자》. 제목부터 이해가 되지 않았다.

"겨우 구했어. 우리 같은 동네 대여점에서는 베스트셀러만 놓는데, 규호 총각이 단골이라 특별히 부탁해서 본사에서 가져온 거야."

권수와 두께로 보아 읽는 데 일주일은 족히 걸릴 것 같다. 나는 그동안 빌린 책들을 다시 보고 싶다고 했다. 대부분 반품해서 곤란하다는 답변만 들었다. 아무래도 도서관을 이용해야 할 것 같다. 읽었던 책 안에 잃어버린 과거로 통하는 문이 있으면 좋으련만.

신제품 스테이크 도시락을 꺼냈다. 안에 큼직한 냉동 스테이크가 들었다. 달군 프라이팬에 기름을 두르고 고기를 얹었다.

지글거리며 연기를 뿜어댔다. 전자레인지로 밥을 데웠다. 김이 무럭무럭 나는 고기를 접시에 담았다. 포크로 한쪽을 고정하고 나이프로 가운데를 잘랐다. 단면이 고생대 지층처럼 보였다. 살코기 사이사이에서 봉긋한 핏물이 부풀어 오르더니 이내 밑으로 흘러내렸다. 접시 위에 기름기 번들거리는 붉은 추상화가 만들어졌다.

나이프 자루를 쥔 손이 편안했다. 손가락 마디와 엄지와 검지 사이 위치가 손잡이에 딱 맞았다. 살코기를 조금 잘라 입에 넣었다. 부드러운 고기가 혀와 입천장, 볼을 따라 무너졌다. 따듯한 육즙이 풍미를 더했다. 살아 있는 생명체의 숨결이 안으로 스며드는 것만 같았다. 양장피를 먹을 때도 이런 느낌이었을까. 어쩌면 난 중식 요리 마니아였을지도 모르겠다.

TV를 켰다. 셰프들이 진행하는 요리 방송이 나왔다. 출연진들의 잡담이 한창이었다. 진행자가 물었다.

"요리사들이 제일 좋아하는 숫자가 있다는 말을 들은 적 있는데 사실인가요?"

셰프들끼리 무슨 이야기를 주고받았다. 중식 전문 셰프가 말했다.

"선호하는 숫자는 잘 모르겠지만 전 개인적으로 8하고 6을 좋아합니다."

"왜요?"

"중국말로 8은 '빠'라고 부르는데 이건 돈을 번다는 뜻의 '파'와 소리가 비슷하기 때문이고 6은 '리우'라고 하는데 만사가 순조롭다는 뜻의 '리우'와 같아서 그래요."

한식 조리사가 끼어들었다.

"전 8과 6이 제일 싫어요."

"왜요?"

"어제 자장면 먹었는데 체해서요."

모두 웃었다.

나는 화장실로 갔다. 비밀 벽을 열었다. 금고 숫자 패드를 눌렀다. 8686. 6868. 6688. 8866……. 경고음이 나고 5분간 자동 잠금이 걸렸다.

책상에 앉아 기억 노트를 펼치고 "좋아하는 것"이라는 메모 아래에 계속해서 썼다.

산책, 즉석 음식(편의점 도시락) 혹은 중국 음식(양장피), 독서(특히 소설.

ex〉《호밀밭의 파수꾼》,《이방인》,《1984》,《위대한 개츠비》……)

주변 인물들에 대해서 적어보는 것은 어떨까? 사장, 부서장, 이병우 팀장, 최경식 대리 그리고 차수림 씨. 또 누가 있을까. 편의점 사장, 대여점 아줌마. 생각보다 적을 사람들이 많았다.

타인과 그의 뱀 그림자

"담배 좀 빌릴 수 있을까요?"

남자가 내게 물었다. 처음 보는 얼굴이다. 난 실내 설치용 카메라를 들고 어느 건물로 들어가려는 참이었다.

"담배 피우지 않습니다."

"그래요? 그럼 그 맥주라도 주시겠습니까?"

"네?"

"들고 계신 맥주요."

그는 내가 손에 쥐고 있는 맥주 캔 모양의 감시 카메라 MD-5E를 가리켰다.

"이건 맥주가 아니라……."

설명하려다 입을 다물었다. 굳이 이런 말까지 할 필요는 없다. 설령 내가 맥주를 들고 있다고 해도 처음 보는 남자에게 건 네줄 이유는 전혀 없다.

"지금 무슨 말씀을 하시는 건가요?"

"얼른 주시죠."

"절 아세요?"

"물론 잘 압니다."

얼굴을 자세히 살폈다. 말끔하게 생긴 얼굴, 스포츠머리, 20대 중후반의 젊은 남자, 벌어진 가슴과 상박근의 굴곡으로 보아 운동을 많이 한 것 같은 남자. 이마에 굵은 상처가 보였 다. 입을 벌릴 때마다 오른쪽 아래 검게 썩은 충치 두 개가 희 망이라고는 전혀 보이지 않는 폐광처럼 암울하게 나타났다가 사라졌다. 아무리 생각해 봐도 모르는 자다. 이 사람은 왜 다짜 고짜 담배며 맥주를 달라고 하는가. 속에서 무언가가 꿈틀대는 것만 같았다. 안이 몹시 뜨겁다. 마치 위장 속에 살아 있는 불 덩어리를 담고 있는 듯했다. 불덩이는 장기 여기저기를 휘젓고 다녔다. 벌겋게 달아올라 발광하는 그것은 분노였다. 난 소리 쳤다.

"당신, 도대체 누군데……."

그는 내 어깨를 와락 껴안았다. 아랫배가 후끈했다. 심한 통 증이 따라왔다. 남자 손에 들린 긴 회칼이 복부를 뚫었다. 힘을 주자 차가운 쇠붙이는 내 안으로 더욱 깊이 파고들었다. 칼끝이 창자와 위를 찢고 척추까지 닿았다. 좌우로 칼을 마구 움직였다. 배에서 내장 갈라지는 소리가 쩍 하고 났다. 고통이 사지로 퍼졌다.

그가 내 귀에 대고 속삭였다.

"어때, 화끈하지?"

칼을 뽑았다. 터져 나온 피가 허벅지를 타고 흘러내렸다. 붉은 보도블록은 더 빨갛게 물들어 갔다. 다리에 힘이 풀렸다. 더는 서 있을 수가 없었다. 바닥에 주저앉았다. 숨을 쉴 때마다 입에서 피가 왈칵 쏟아졌다. 갈라진 복부에서 내장이 쏟아져 나오는 듯했다. 밀어 넣으려 했지만 팔에 힘이 없었다. 피비린내가 났다. 안간힘을 다해 입을 벌렸다.

"왜, 나, 날……."

"왜 죽이느냐고?"

파란 하늘이 보였다. 푸른색은 천천히 회색으로 변해갔다. 그가 말했다.

"이유는 하나뿐."

"……."

"넌 죽어 마땅하니까."

도움을 청하기 위해 주위를 살폈다. 지나가는 사람 누구도 나를 쳐다보지 않았다. 살려달라고 간신히 말했다. 어느 하나 쳐다보는 이가 없었다. 칼로 찌른 남자는 날 내려다보고 있다.

눈에서 이상한 빛이 났다. 하얀 눈밭 같은 흰자위. 미세 혈관이 하나도 보이지 않는 깨끗한 눈. 저 눈빛은……

그는 뒤돌아섰다. 인파 속으로 걷기 시작했다. 시내 한복판, 점심시간이 막 지난 한낮. 시야는 점점 흐려졌다. 하늘을 쳐다봤다. 태양이 뜨거웠다. 지금 이 순간, 알베르 카뮈의 《이방인》 중 한 대목을 떠올렸다. 뫼르소에게 죽임을 당한 아랍인도 나처럼 죽어갔을까. 이렇게 고통스럽게…… 이렇게 비참하게……. 이상하게도 책의 장면이 사진처럼 눈앞에 펼쳐졌다. 국도에서 로드킬을 당한 개처럼 난 바닥에 길게 누워 숨을 헐떡였다.

식은땀이 줄줄 흘렀다. 침대보는 축축하게 젖었다. 배를 만졌다. 아직도 생생한 헐떡거림이 복부에 그대로 남았다. 꿈속의 고통은 현실처럼 또렷했다. 벽에 걸린 시계를 봤다. 새벽 5시다. 악몽은 늘 같은 시각에 찾아왔다. 창문 너머 하늘은 불그스름하게 변해 새날을 맞을 준비를 이미 끝냈다. 창가에 걸어놓은 수건으로 얼굴을 닦았다.

다시 침대에 누웠지만 잠이 안 왔다. 한참을 뒤척였다. 하나, 둘, 셋……. 한 달 동안 악몽을 꾼 것이 다섯 번이나 된다. 흉몽은 매달 말 월세를 받으러 문을 두드리는 원룸 주인처럼 찾아왔다. 늘 누군가에게 쫓기거나 살해당하거나 죽음 직전까지 고초를 겪었다. 범인 얼굴은 잘 생각나지 않았다. 다만 눈빛만이 어둠 속 촛불처럼 말갛게 떠올랐다. 눈처럼 하얀 흰자위, 유난히 까만 눈. 그 눈, 어디서 본 것 같다.

***

"강규호 님, 들어가세요."

간호사의 말에 사과 껍질이 그려진 기억 노트를 집어 들었다. 대기자 의자에서 일어났다. 신경정신과 전문의 박석준. 위압적인 서체로 적힌 문 명패 앞에 섰다. 손잡이를 돌려 문을 열었다. 그는 언제나처럼 컴퓨터로 무언가를 분주히 작성 중이었다. 나를 보더니 반갑게 맞았다. 오늘따라 펑퍼짐한 얼굴이 더 투실투실해 보였다.

"어서 오세요. 3주 만에 뵙네요. 지난주에는 왜 안 오셨어요?"

"지방 출장을 가서요."

"아주 바쁘시구나. 영상 관련 일을 하신다고 했죠?"

"네, 원격 관제 쪽입니다."

"몰래카메라요?"

"몰래카메라가 아니라 감시 카메라예요. CCTV."

"아! 몰래카메라가 아니라 감시 카메라. ······ CCTV."

그는 메아리처럼 내가 한 말을 따라 했다. 군대 선임의 명령을 잊지 않기 위해, 선임에게 내가 이만큼 당신의 생각을 잘 따라가고 있다는 것을 보여주기 위한 후임의 의도적인 행위처럼.

그가 기억 노트를 보여달라고 했다. 종이를 한 장씩 넘기며 읽었다. 넘길 때마다 엄지손가락에 침을 듬뿍 묻혔다. 더럽다기보다는 신기하다는 생각이 들었다. 저렇게 책장을 넘기는 젊은 사람은 많지 않다. 게다가 이런 비위생적인 습관을 지닌 사람이 의사라는 것도 모순적이었다. 그는 노트 내용을 컴퓨터에 기록했다. 때때로 적은 글의 의미를 물어보고 확인도 했다.

"정말 꼼꼼하시네요. 혹시 편집증 있다는 소리는 듣지 못했나요?"

"별로요."

"하하하. 농담입니다, 강규호 씨."

"……."

"정리를 참 잘하세요. 일과 사생활, 두 가지 면에서 균형 있게 적으셨어요. 이대로만 잘 따라가시면 회복에 큰 도움이 될 겁니다. 기록은 아주 중요해요. 과거 기억을 자극하는 측면에서도 그렇고, 지금 경험한 것이 시간이 지난 후에 기억나는지 확인하는 차원에서도 그렇고요."

"……."

"당장 별 효과가 없다고 해도 포기하진 마세요. 지금처럼 약 드시면서 의사 지시에 잘 따르면 조만간 차도가 있을 테니까요."

"질문이 하나 있는데요."

"네."

"기억을 찾으면…… 난 행복해질까요?"

"허허허. 그런 걸 묻는 환자분은 처음이네요. 글쎄요, 좋을 수도 있고 아닐 수도 있겠죠. 하지만 적어도 자신이 누군지는 알수 있으니까 지금처럼 답답한 심정은 사라지겠죠."

"……."

"요즘 잠은 잘 주무시나요?"

"아니요."

"왜요?"

"악몽을 꿔서요."

"얼마나 자주요?"

"일주일에 한두 번 정도."

"어떤 내용이죠?"

최근 악몽에 관해 이야기했다.

"……그렇게 난 칼에 찔린 채 바닥에 쓰러져 죽어갔습니다. 아주 생생했어요. 마치 현실처럼."

"꿈속 범인 얼굴이 기억나나요?"

"아니요."

"악몽에 등장하는 상대방이 늘 동일 인물입니까?"

"아닌 것 같아요. ……아니, 사실 잘 모르겠어요. 그런 것 같기도 하고 아닌 것 같기도 하고."

그는 내 말을 한 자도 놓치지 않고 기록했다. 내가 물었다.

"혹시 머리를 다쳐 성격이 바뀌는 케이스도 있나요?"

"의학적으로 사람의 성격이 무엇인가 하는 정의는 없어요. 흔히 성격이라 불리는 기질은 유전자 관련 조절 인자가 영향을 미친다, 정도로만 알려져 있죠. 이를테면 공격적인 성향은 세로토닌, 노르에피네프린, 도파민, 안드로젠 같은 유전자들에 영향을 받는 식이죠. 하지만 단순히 뇌의 어느 한 부분 스위치를 딸깍 켜거나 꺼서 온화한 사람, 폭력적인 사람, 신중한 사람, 악몽을 잘 꾸는 사람으로 바꿀 수는 없는 법입니다."

그는 수염이 푸르스름한, 둥그런 하관을 쓰다듬었다.

"가끔 반사회적 정신장애가 나타날 순 있긴 한데 그건 성격이라기보다는 일종의 마음의 병이니까 다른 경우라고 봐야 하겠지요. 정신의학, 심리학 분야에서 《DSM》이라는 것이 있어요. 우리말로 《정신장애의 진단 및 통계 편람》이라는 책인데 미국 정신의학회가 합의한 모든 정신장애를 정의하고, 분류해 전문가가 따라야 할 진단 기준을 제공하는 일종의 가이드북입니다. 그 책은 반사회성 성격장애의 정의를 이렇게 내립니다. '15세 이후에 시작되고 타인의 권리를 무시하거나 침해하는 광범위한 행동 양식이 있고 다음 일곱 개 중 세 개 이상의 항목에 해당한다. 사회규범을 지키지 못한다. 사기성이 있다. 미리 계획을 세우지 못한다. 쉽게 흥분하며 공격적이다. 타인의 안전을 무시한다. 무책임하다. 자책할 줄 모른다.'"

그는 교과서를 읽어나가는 것처럼 무미건조하게 설명했다.

"소위 정신병이라 불리는 병증은 알아내기가 간단하지 않아요. 뇌에서 작동하는 병리 생물학 기제에 대해 우리가 아는 게 아직은 너무 적고 동작 원리도 대체로 밝혀지지 않았기 때문입니다. 그런 사유로 정신과에서는 정신과적 문제들을 '질병'이 아니라 보통 '장애'나 '증후군'으로 말하죠. 하지만 요즘은 관련 분야가 많이 연구되고 장비도 좋아져서 어느 정도는 과학적 분석이 가능합니다. 유전자 검사, 행동 검사, 심리측정 검사 등등. 요즘은 PET, fMRI(Functional Magnetic Resonance Imaging), 뇌전도 같은 영상화 기법을 자주 써요."

"뇌 영상을 보면 어떤 것까지 알아낼 수 있나요?"

그가 컴퓨터 모니터에 사진을 띄웠다. 검고 하얀 부분이 모자이크처럼 채워진 뇌 MRI 사진이 화면을 메웠다.

"정신장애는 증상의 다양성과 중증도로 보통 진단되는데요. 자, 여기 이 부분 보세요. 경증인지, 보통인지, 중증인지 표시하는 등급이 있죠? 이를 스펙트럼이라 불러요. 가장 일반적인 스펙트럼은 자폐 스펙트럼이에요. 스펙트럼의 맨 아래, 약한 단계는 언어 학습 지체, 관심사의 편협 같은 경증이 있고 위로 갈수록 강한 반복 행동과 소통 불능 같은 것이 나타나죠."

화면을 확대했다. 순두부처럼 보이는 뇌 단면 사진이 커졌다.

"이렇게 비정상적인 환자의 뇌는 안와 피질과 편도체 주변 영역의 활동이 약해요. 이 영역이 충동성을 억제하는 부분인데 이게 고장 난 사람은 충동적이고 다혈질적으로 변합니다."

그는 손가락으로 한 부분을 가리켰다.

"이 환자는 측두엽 앞쪽에 손상이 있었던 것 같아요. 안와 피질과 전전두 피질 가운데 안와, 그러니까 눈구멍 바로 윗부분과 여기 복내측 전전두 피질이 까맣게 보이죠? 게다가 변연 피질, 감정 피질이라 불리는 이 부분하고 여기, 또 여기의 활동도 소실됐어요. 이런 환자는 과도한 폭력성과 성욕을 보이거나 냉혈한처럼 행동할 가능성이 커요. 사회적 행동, 윤리, 도덕성을 담당하는 뇌 일부가 완전히 고장이 나버렸으니까요. 아마 도파민 전달 과정에도 문제가 있을 겁니다. 도파민은 '어떤 것을 해라, 하지 말아라.' 같은 동작을 시키는 뇌의 신경전달물질이거든요."

주치의 박석준은 미로 같은 뇌 영상에서 다양한 정보를 읽어 냈다. 그는 모니터를 가만히 들여다보다가 손끝으로 화면을 톡톡 쳤다.

"음, 그런데 좀 특이한 점이 있군요. 여기, 이 부분. 여기가 이성과 합리적 사고 등을 담당하는 곳인데, 아주 뚜렷하게 활성화돼 있어요. 이런 부류의 환자는 종종 극단의 성격을 보이기도 하죠. 겉으로는 매너 좋고, 친절하고, 세련되지만 안에는 언제 터질지 모르는 시한폭탄을 품고 있는 것처럼."

나는 누군가의 머릿속 사진을 유심히 들여다보았다. 며칠 전 TV에서 본 우주의 신비에 관한 과학 다큐멘터리의 한 장면이 떠올랐다. 태양계를 벗어난 우주선이 빛의 속도로 별들을 지나며 어둡고 무한한 암흑 속으로 빨려 나가는 장면이었다. 뇌 지도는 미스터리한 시간을 품은 작은 우주처럼 보였다.

* * *

주말 봉사 활동을 나왔다. 오늘 할 일은 연탄 나르기와 어르신 목욕 돕기다. 사내 봉사 활동 중 하나로 분기에 한 번꼴로 모인다. 자발적 참여라고 못을 박았지만, 회사의 전원이 참석했다. 여기서 웃으며 일을 하는 이는 김형석 사장뿐이었다. 그는 지역 유력 인사들이 연례행사처럼 들르는 이곳을 찾아 종종 얼굴을 비췄다. 품위 있는 척, 교양 있는 척, 돈 있는 척을 하는 것을 낙으로 삼는 사장은 그들과 술잔을 기울이며 입버릇처럼 이런 말을 하곤 했다.

"원래 내 꿈은 보육원 하나 차려 아이들 돌보고 그 옆에 양로원 하나 근사하게 지어 어르신들 편하게 모시는 겁니다. 지금은 회사 사장으로 있긴 하지만 돈, 전 사실 별로 없습니다. 저를 향한 여러분들의 신뢰와 사랑에 비하면요. 하하하."

오늘은 특별히 지역 신문 기자도 불렀다. 사장은 작업복을 입고 얼굴에 검댕을 묻힌 상태로 카메라 앞에서 함박웃음을 지었다. 직원들은 그의 뒤에 상갓집 병풍처럼 주르르 섰다.

작업을 시작하자 직원들은 아래에서부터 꼭대기까지 일렬로 줄을 섰다. 난 줄 중간쯤 섰고 바로 옆에는 최경식 대리가 있었다. 큰길에서부터 올라오는 연탄을 한 장씩 위로 올려 보냈다. 까만색 덩어리들은 페로몬에 취해 한 줄로 따라가는 개미 떼처럼 끊임없이 올라왔다. 우린 땡볕 아래서 오랫동안 일했다.

잠시 쉬는 시간이 주어졌다. 최경식 대리는 날 힐끗 보더니 물었다.

"규호 씨, 이게 재밌어?"

"그래 보여요?"

"아까부터 히죽히죽 웃으며 일하니까 그렇지. 이렇게 즐거운 연휴에."

"원래 웃는 상이잖아요."

"하긴······."

최경식 대리는 담배를 꺼내 물었다. 신경질적으로 뻑뻑 빨아 댔다.

"친구들이랑 1박 2일로 강릉 가기로 했는데. 쌍, 이게 뭐 하는 짓이람. 그렇게 좋으면 사장, 지 혼자 나오지 왜 애먼 직원들까지 데리고 나와서 개고생시키는 거야."

"대가 없는 이타심. 그건 좀 보람 있지 않나요?"

대가 없는 이타심. 《타인과 그의 뱀 그림자》라는 책의 한 구절이었다. 대여점에서 빌린 여덟 권짜리 책은 타자에 대한 인식과 이해, 판단과 생존 과정, 행동 양식들에 관해 쓴 인문 철학서였다. 저자는 인간이라는 생명체를 역사, 심리, 철학, 경제, 문화, 예술 등 여러 관점에서 바라봤다. 4권과 5권에서는 근 100년간의 잔혹하고 엽기적인 사건들을 소개하며 숨겨진 욕망을 심층적으로 분석했다. 책 제목에 왜 뱀 그림자라는 단어가 들어 있는지 그 부분을 읽으며 알게 됐다.

"사람이란 자신의 DNA를 보존하기 위해 무슨 짓이든 하는 세포 덩어리에 불과하다. 대가 없는 이타심이야말로 최적의 생명 보존 방법이다. 그것은 뱀의 유전적 정보에 각인된 번식 코드와 유사하다."

그 인상적인 문구를 최경식 대리에게 말해주었더니 그래, 너 잘났다며 코웃음만 쳤다.

봉사 활동이 모두 끝난 것은 오후 5시 무렵이었다. 간단히 씻은 후 직원들과 그늘 밑에서 쉬는 중이었다. 김형석 사장이 우리가 있는 곳으로 왔다. 이병우 팀장도 함께였다. 비서 차수림이 뒤를 따랐다. 딱 달라붙는 운동복이 그녀의 미끈한 몸매를 육감적으로 드러냈다. 최경식 대리는 이마의 땀을 훔치는 척하며 엉덩이 쪽을 힐끔힐끔 훔쳐봤다. 우리는 사장이 가지고 온 테이크아웃 아이스커피를 하나씩 받아 들었다.

"수고들 했어요. 시원하게 쭉 들어."

난 손에만 쥐고 있었다. 이병우 팀장은 무테안경 뒤의 눈으로 날 바라보았다.

"강규호 씨는 커피 못 마시잖아요. 이런, 콜라를 사 올걸."

이병우 팀장의 기억력은 좋았다.

"괜찮습니다."

"커피 말고 다른 건 없나요?"

팀장의 물음에 차수림은 고개를 가로저었다.

"땀 흘렸으니 저녁은 먹고 가야지. 안 그래? 자, 자, 원하는 사람들은 이쪽으로!"

사장은 집으로 돌아가려는 직원들을 붙잡았다. 토요일 저녁만이라도 온전히 자기 시간을 보내고 싶어 하는 청춘들은 노골적으로 싫은 티를 냈지만, 진급을 앞둔 몇몇 고참, 마음이 약해 거절 못 한 직원, 가정에 문제가 많아 돌아갈 곳이 없는 직원 등은 사장의 뒤를 따랐다. 난 자리를 조용히 빠져나왔다. 오늘 밤, 《타인과 그의 뱀 그림자》 마지막 권을 읽어야 하기 때문이다.

버스 정류장에서 버스를 기다리는 중이었다.

"집이 어디예요?"

누군가가 내 뒤통수에 대고 물었다. 돌아보니 차수림이 서 있었다. 그녀에게서 좋은 향이 났다. 라벤더 냄새였다.

"신당동입니다."

"어머, 같은 동네네요. 난 응봉 근린공원 근처에 살아요."

"약수역 있는 데요?"

"네."

"그렇군요."

"121번 같이 타면 되겠네요."

"사장님과 함께 있어야 하지 않아요?"

"먼저 퇴근하라고 하셨어요."

"……."

"아까 보니 정말 열심히 일하시던데, 봉사 경험이 많나 봐요."

내가 남을 돕는 것에 익숙하던가. 자문해 보았다. 딱히 즐겁지는 않았지만 그렇다고 최경식 대리처럼 짜증이 나거나 괴롭지도 않았다. 오히려 땀을 흘리고 나니 몸이 더 개운한 것 같았다. 노트에 적을 것을 하나 더 찾은 것 같다.

버스를 타고 가면서 가벼운 잡담을 나눴다. 아니, 나눴다기보다는 일방적으로 듣기만 했다. 약수역에 함께 내렸다. 작별 인사를 하고 집으로 가려는데 그녀가 붙잡았다. 그녀는 근처 카페를 가리키며 말했다.

"우리 저기 가서 뭐 좀 마시고 가요."

차수림은 에스프레소 더블 샷을, 난 콜라를 시켰다. 다이어트 콜라를 주문했지만 없다고 했다.

"그럼 펩시콜라로 드릴까요?"

직원이 물었다. 코카콜라보다는 덜 달고 덜 쏘기 때문에 다이어트 콜라와 비슷할 것이라는 친절한 설명도 덧붙였다. 그렇게 하겠다고 했다.

버스에서부터 듣던 차수림의 개인사는 카페에 앉아서도 계속 이어졌다.

"전 대학 시절부터 봉사 동아리 활동을 했어요. 그래서 동네 벽화 같은 것을 많이 그렸죠. 혹시 그림 좋아하세요?"

"딱히……. 너무 어려워서요."

"저는 미술을 전공했어요."

"……."

"그림은 뭐랄까, 가만히 보고 있자면 마치 누군가의 마음을 들여다보고 있는 것 같거든요."

"……."

"혹시 좋아하는 화가는 있나요?"

고개를 저었다.

"원래 이렇게 말씀이 없나요?"

"좀 그런 편입니다."

어색한 시간이 흘렀다. 무슨 주제로 이야기를 바꿀까 생각하다 보니 점점 피곤해지기 시작했다. 완전한 섹스를 위한 첫 단추는 상대방의 관심사에 집중하는 모습을 어떻게 의도적으로 보여주느냐에 달렸다는《타인과 그의 뱀 그림자》6권 두 번째 챕터의 주장이 정말 맞는지 문득 궁금해졌다. 내가 물었다.

"주로 어떤 봉사를 하셨어요?"

"노인 복지 시설, 보육원, 나눔의 집, 그런 곳에서 초상화를 주로 그려줬어요. 흔한 사진 대신 자기 모습이 그려진 자화상을 보면 다들 좋아하시죠. 그 밖에도 여러 가지가 있는데, 그중 제일 기억에 남는 것은 치매 환자 돌보는 일이었어요."

주문한 음료가 나왔다. 직원 말대로 펩시에서 김빠진 다이어트 콜라 맛이 났다. 차수림은 에스프레소에 메이플 시럽을 넣었다. 스푼을 따라 달콤한 시럽이 빙빙 돌다가 검은 물속으로 스며들었다. 그녀가 마신 작은 에스프레소 잔 한쪽에 붉은 입술 자국이 찍혔다.

"치매 환자들은 마치 어린아이 같아요. 세상 경험이 전혀 없는 백지 같다고나 할까. 하지만 시도 때도 없이 툭툭 튀어나오는 옛 기억들 때문에 불현듯이 젊은이가 되기도 하고, 100세 노인이 되기도 하고, 성별이 바뀌기도 해요. 그 때문에 경험 적은 봉사자들은 몹시 당황하죠."

"그럴 땐 어떻게 하나요?"

"생각만큼 어렵진 않아요. 바뀌어버린 나이, 성격, 성별에 맞게끔 행동하면 돼요. 나만 바뀌면 모든 것이 자연스럽게 돌아가니까. 어떻게 대해야 하는지, 어떤 표정과 감정으로 마주해야 하는지, 상대방을 어떻게 컨트롤해야 하는지. 그런 중요한 것들을 거기서 배웠어요."

"그래요?"

"그래서인지 요양 병원에서는 날 꽤 좋아했죠. 웬만한 간호사보다도 더 잘 돌본다는 칭찬까지 들었는걸요."

"대단하시네요."

"기억이라는 것, 참 재밌어요. 왜곡된 기억은 사람을 슬픔에 젖은 개그맨처럼 만들거든요. 한번은 이런 일이 있었어요. 요양원에 온 지 6개월 정도 된 70대 할아버지 환자가 있었어요. 신체 건강은 비교적 좋았지만 독특한 이상 증상을 보였죠. 아침에는 어린아이, 점심에는 청년, 저녁에는 중년으로 지내다가 자기 직전에는 노인이라고 믿는 증상. 그걸 스핑크스 증후군이라고 하더군요."

스핑크스 증후군이라. 누가 처음 그런 이름을 붙였는지는 모르겠지만 그보다 더 적절한 명칭은 없을 것 같았다.

"할아버지는 전직 대기업 부장이었는데 사고로 일가족을 한꺼번에 잃었어요. 누군가가 집으로 들어와 잠든 가족들을 칼로 찔러 죽이고 현장을 은폐하기 위해 불까지 질러버렸대요. 남겨진 할아버지는 고통스러운 기억 속에서 하루하루를 견디다 결국 정신이상자가 되어버렸고 요양원까지 오게 된 거죠."

"참 기구한 삶이군요."

"그분을 돌보게 되면서 난 하루를 70년처럼 지냈어요. 어린 아이로 사는 아침에는 함께 그림도 그리고 장난도 치면서 놀아 드리고, 낮에는 젊은이로 변한 할아버지와 청춘의 고민을 나눴어요. 취업 상담이나 첫사랑의 열병에 관한 것들을요. 그러다 저녁 무렵에는 자식들의 사춘기 고민과 새파란 직장 후배가 어떻게 자기한테 이럴 수 있느냐 같은 하소연을 들어야만 했죠."

"희로애락이 하루면 끝나니 그나마 다행이네요."

"하지만 다음 날이면 처음부터 다시 시작해야 하는 것이 문제지요. 잠들기 전, 할아버지가 했던 말이 기억나요. '내 삶은 늘 고통뿐이야. 자고 일어나면 아픈 기억이 깨끗이 지워졌으면 좋겠어.' 소원대로 아침이면 할아버지는 다시 태어났어요. 순수하고 깨끗한 상태로. 영원히 끝나지 않는 고민이 기다리는 시작점에서."

"……."

"우리 모두 선택적으로 기억을 지울 수 있다면 얼마나 좋을까? 난 종종 그런 공상을 해요."

책은 여러 유형의 이타적 행위에 관해 설명했다. 세상의 모든 선한 행위는 개별의 형태로 보상을 받는다. 금전적인 것은 물론 자기만족, 방어적 기제의 획득, 페르소나의 고착화까지.

저자는 그것을 만들어진 행복감이라 정의했다. 순수한 의미의 대가 없는 희생은 부재이며 고급스러운 형태의 이기주의일 뿐이라고도 했다.

왜 그녀의 선행을 들으면서 난 그런 사악한 내용을 생각해 냈을까? 책에 너무 빠져서일까. 아니면 그녀의 말이 너무나 작위적이라 그런 걸까. 뭐든 상관없을 것 같다. 중요한 것은 내가 차수림에게서 묘한 감정을 느끼기 시작했다는 점이다. 동질감? 균질성? 이끌림? 아니면 사랑? 그게 무엇인지 설명하긴 힘들다.

카페에 낯익은 연주곡이 흘렀다. 잔잔하고 묵직한 첼로의 흐느낌. 미조구치 하지메의 연주 같다. '네버 고나 폴 인 러브 어게인(Never gonna fall in love again)'. 아마도 그 제목이 맞을 것이다. 병원에서 저녁때마다 듣던 곡이라 익숙했다. 차수림은 남은 에스프레소를 모두 비웠다.

"강규호 씨는 지우고 싶은 기억이 있나요?"

"잘 모르겠어요. 이미 지워져 버려서."

기억상실증에 대해 절대로 말하지 말라는 최경식 대리와의 약속을 그날 난 지키지 못했다. 하지만 차수림은 내 말이 무슨 뜻인지 알아듣지 못하는 것 같았다. 때마침 울린 스마트폰으로 시선을 돌릴 뿐이었다.

차수림. 서른하나. 사장 비서.

미술 전공. 봉사 중독자.

기억을 지우고 싶어 함.

고급스러운 이기주의자 혹은 이상주의자. 몽상가.

그녀와 함께 있을 때 느낀 그 이상한 감정에 대해서도 좀 적어볼까 하다가 그만두었다. 기억 노트에는 사실만 적는 편이 좋을 것 같다. 노트를 책장에 다시 꽂아 넣고 잠을 청했다.

***

기억이 사라졌던 동안에 빌린 책들을 드디어 모두 다 읽었다. 난 거의 매일 밤 책을 펼쳤다. 주말엔 밤을 새우기도 했다. 생각보다 재미있어 크게 힘들진 않았다. 하지만 제일 중요한 사라진 기억의 입구를 찾는 일은 실패했다. 기억상실의 실마리라도 있진 않을까 내심 기대했지만, 소득은 없었다. 일할 때보다 책 읽을 때 집중력이 높다는 점, 책을 통해서 사람을 더욱 잘 이해할 수 있다는 점. 내가 알아낸 것은 그 두 개뿐이다.

주말엔 새로 빌려 온 책을 읽었다. 각국 마피아 역사에 관한 것이다. 두께가 제법 됐지만, 꽤 흥미진진했다. 특히 콜롬비아 마약 왕 파블로 에스코바르에 관한 이야기는 여러 가지 면에서

도움이 되었다.

'플라타 오 플로모(Plata o Plomo). 이것은 세계 최대 마약 조직인 콜롬비아의 메데인 카르텔의 보스, 파블로 에스코바르(Pablo Escobar Gaviria, 1949~1993)를 상징하는 말이기도 하다.'

플라타 오 플로모……. 불빛 하나가 머릿속에서 별처럼 반짝거렸다. 계속 읽었다.

'플라타 오 플로모는 직역하면 은 혹은 납이라는 뜻이다. 콜롬비아에서 은은 돈을, 납은 총알을 뜻하는 은어로 뇌물을 받고 협조하든가 죽음을 각오하든가, 양자택일하라는 겁박용 시그널이라 볼 수 있다.'

'메데인 카르텔이 본격적으로 이름을 알리게 된 것은 1981년 11월 콜롬비아 도시 게릴라 M-19의 오초아 형제 누이 납치 사건 때문이었다. 메데인을 근거로 하는 마약 밀매업자들은 MAS(Muerte a Secuestradores: 납치자에게 죽음을)라는 단체를 결성하고 납치범과 전쟁을 벌였다. 이를 계기로 에스코바르가 이끄는 메데인 카르텔은 본격적으로 전 세계 코카인 시장을 장악했고 그는 이후 전대미문의 마약 왕으로 성

장했다.'

'에스코바르는 무자비한 포식자인 동시에 영악한 여우였다. 마약 판매로 번 돈으로 고향 메데인에 병원, 운동장, 무상 주택을 지었다. 지역 신문사 등에 금품을 살포해 '빈민들의 로빈 후드'라는 정치적 이미지도 만들어냈다. 그는 메데인 지역에서의 인기에 힘입어 1982년 자유낭 예비 국회의원에 선출되기도 했다. 하지만 법무부 장관과 언론사의 고발로 곧 퇴출당했다. 물론 그 대가는 마피아 방식을 따랐다. 대상들은 모두 살해됐고 언론사 건물은 폭탄으로 날아갔다.'

'에스코바르의 잔인함은 끝이 없었다. 타 마약 조직은 물론 정치인, 경찰, 기업인, 심지어 미국의 DEA 요원까지 예외 없이 '플라타 오 플로모'의 대상이었다. 자신의 카르텔을 소탕하려 계획했다는 이유로 대통령 후보였던 세사르 가비리아 트루히요를 제거하기 위해 1989년 11월 27일 아비앙카 항공기에 폭탄을 설치해 날려버렸고 이로 인해 110명이 죽었다. 콜롬비아 행정 보안국 건물 앞에 있는 트럭을 폭파해 52명이 사망했고 같은 해 5월 30일에도 DAS 관리직 요원을 죽이기 위해 수많은 이를 부상자로 만들었다. 1989년, 한 해에 세 건의 테러로 그는 166명을 죽였다.'

'미국과 콜롬비아 정부가 현상금을 걸고 에스코바르를 찾기 시작하면서 그의 운은 쇠진하기 시작했다. 은신 중이던 그는 아들과의 짧은 통화로 위치가 발각됐다. 미국 델타포스가 그곳에 들어가 기관총 하나를 달랑 들고, 탈출하던 에스코바르를 사살했다. 1993년 12월 2일, 그의 생일 다음 날, 마약왕은 비참한 최후를 맞이한다.'

'가공할 악행에는 과장되거나 근거 없는 이야기가 전설처럼 달라붙기 마련이다. 에스코바르의 기행 중 잘 알려지지 않은 것도 있다. 평소 즐겨 읽던 책이 묵자에 관한 것이라는 점이다. '자신만 사랑하고(자애, 自愛) 자기만 이롭게 하기(자리, 自利) 때문에 늘 다툼이 생긴다. 부디 더불어 서로 사랑하고 (겸상애, 兼相愛) 서로 이롭게 하라(교리, 交利).'를 주장한 제자백가 시대의 사상가 그리고 그를 탐독하는 최악의 범죄자. 묵자비염(墨子悲染)이라 적힌 실크 손수건이 그의 저택 서재에서 발견되었다는 것은 아이러니한 일이 아닐 수 없다. 혹자는 이를 두고 이렇게 말한다. 선과 악은 유리창 하나를 사이에 두고 끊임없이 서로를 곁눈질하는 존재라고.'

책을 들고 화장실로 갔다. 타일 벽을 밀고 금고 앞면을 살폈다. 음각으로 새겨진 권총 아래 "Plata o Plomo"라는 상표가 선명했다. 버튼을 눌렀다. 1949, 파블로 에스코바르가 태어난 해. 1993, 총에 맞아 사망한 해. 1201, 그의 생일. 19891127, 비행기를 폭파한 날. 1989166, 1989년에 죽은 사람 수. 연속

된 에러에 5분간 잠금 상태가 됐다.

핸드폰을 꺼내 '묵자비염'을 검색했다. 묵자의 소염 편에 나온 것으로 묵자가 실이 물드는 것을 보고 탄식하였다는 뜻의 고사성어였다. 그 아래로 묵자 관련 글이 주르르 펼쳐졌다. 네 자리에서 여덟 자리 사이 숫자가 있는지 살펴봤다.

* * *

오늘은 제대로 된 스테이크를 만들어보기로 마음먹었다. 정육점에 들러 안심 600그램을 샀다. 두툼한 호주산 살코기를 달궈진 프라이팬에 올렸다. 기름과 핏물이 보도블록에 충돌하는 여름 소낙비처럼 요란하게 튀어 올랐다. 소금과 후추를 뿌렸다. 파슬리를 더했다. 윗면에 핏물이 배어 나올 때까지 기다렸다. 피가 흘러내렸고 고인 자리가 까맣게 탔다. 뒤집었다. 튀기듯 구워지는 냄새가 좋았다. 접시에 스테이크를 얹고 구운 양파와 마늘로 구색을 갖추었다. 바게트를 먹기 좋게 썰어 그릇에 담아 식탁 위에 놓았다. 다이어트 콜라도 냉장고에서 꺼냈다. 크게 베어 입에 넣었다. 고기는 부드럽게 녹아 무너졌다.

TV를 켰다. 이리저리 돌리다 일본 예능 프로그램에서 멈췄다. 세계의 가십거리에 대한 퀴즈 쇼였다. 연예인들이 게스트로 나와 3열 종대로 앉아 있고 개그맨처럼 생긴 남자 둘이 사회를 봤다. 주제는 엽기적인 살인자의 일상이었다. 그의 어릴 적 에피소드, 성적 취향, 뜻밖의 취미 같은 것을 퀴즈로 내면 게스트들은 답을 골랐다. 살인자의 얼굴은 모자이크되어 나왔다. 퀴즈는 자극적이고 선정적인 내용으로 채워졌다. 스튜디오 공기가 무거워질 때면 사회자는 곧 웃음으로 분위기를 바꿨다. 퀴즈 쇼 제목 그대로 "기묘하고 서늘한 웃음 대폭발"에 어울리는 진행이었다.

여덟 명의 어린이를 죽이고 시신을 해체한 살인자의 집이 나왔다. 지하 창고로 내려가는 어두운 계단 아래가 화면에 나왔다. 그 아래 "충격! 지옥으로의 통로!"라는 애니메이션 대사 같은 일본어가 대문짝만하게 나타났다. 지하실에는 각종 고문 도구가 있었다. 삐죽삐죽한 돌기가 튀어나온 동그란 구슬이 봉 끝에 붙은 막대기가 나타났다. 가죽으로 칭칭 감긴 손잡이에는 검붉은 핏자국이 눌어붙었다. 여기서 첫 번째 돌발 문제가 나왔다. "이 도구는 무엇에 쓰는 걸까요?" 이후 남은 고기 조각을 모두 입에 넣고 씹을 무렵 마지막 퀴즈가 나왔다. 화면에는 네 명의 눈을 클로즈업한 사진이 보였다.

"연쇄 살인범의 눈은 어느 것일까요?"

게스트들은 앞다투어 떠들기 시작했다. 뚱뚱한 여자는 흰자 위에 거미줄 같은 핏발이 선 눈이 범인의 눈이라고 지목했다. 머리를 빡빡 깎은 남자는 흰자위에 비해 검은 눈동자가 지나치게 작은 사백안(四白眼)을 골랐다. 관상학적으로 저런 눈은 잔인하다는 이유였다. 그의 과장된 손짓과 목소리가 재미있는지 방청객 모두가 웃었다. 하지만 살인자의 눈이라고 제일 많이 선택된 것은 미간이 넓고 양쪽 눈의 크기가 짝짝이인, 한눈에 보기에도 기이해 보이는 것이었다.

난 다르게 생각했다. 보기 중 세 번째의 맑고 동글동글한 눈, 마치 어린아이의 눈과 비슷한 것을 골랐다. 이유는 없다. 그냥 느낌이 그랬다. 구태여 말하자면 일종의 기시감이 들었다. 악몽 속에서 본 살인자의 눈과 많이 닮았기 때문이다.

범인 사진이 공개됐다. 단정한 2대 8 가르마, 잔털 하나 없이 정돈된 깨끗한 이마, 오뚝한 코와 붉고 적당한 두께의 입술. 그는 하얀 와이셔츠를 입고 밝은 감색 넥타이를 맨 차림이었다. 대기업 홍보부의 이달의 우수 사원 섹션에 표지 모델로 나올 법한 외모였다. 정답은 내가 선택한 눈이었다. 방청객, 패널, 사회자, 모두 놀랐다. 사회자가 말했다.

"눈은 마음의 창! 밖으로 보이는 뇌! 그 말이 다 개똥이 됐네요."

경악이 웃음으로 바뀌는 순간, 난 새로 꺼낸 콜라의 뚜껑을 땄다.

***

이천의 새로 지은 주상복합건물에 CCTV 설치를 하러 갔다. 오늘은 최경식 대리뿐만 아니라 이병우 팀장까지 함께였다. 팀장은 보통 현장에 잘 나가지 않지만 그곳에 상주하는 파견 직원과 회의가 있어 같이 갔다. 그는 뒷좌석에서 노트북으로 자료를 정리 중이었다. 운전은 최경식 대리가 했다. 차는 곤지암 IC를 빠져나와 산촌리 쪽으로 가는 국도를 따라 달렸다. 차량도 별로 없고 날도 좋았다.

검은색 BMW 한 대가 중앙선을 넘어 우리 옆을 쏜살같이 지나갔다. 차를 어찌나 거칠게 몰던지 하마터면 우리 차가 길옆 논두렁으로 빠질 뻔했다. 검은 차는 빠르게 앞으로 끼어들었다. 깜빡이도 켜지 않은 채였다. 최경식 대리가 욕을 해댔다.

"뭐야! 저 새끼. 외제 차면 다냐?"

BMW는 춤을 추듯 중앙선을 넘나들었다. 반대 차선에서 차가 나타나면 앞으로 끼어들고 우리가 추월하려고 하면 진로를 방해했다. 최경식 대리는 신경질적으로 경적을 눌렀다. BMW는 속도를 줄이며 옆에 바짝 붙었다. 두 대의 차는 한동안 중앙선을 사이에 두고 나란히 달렸다. 최경식 대리는 맞은편 차를 노려봤다. 선팅 때문에 운전자 얼굴이 보이지 않았다.

최경식 대리는 정말로 화가 난 것 같았다. 창문을 열었다. 차를 향해 육두문자를 쏟아냈다. 상대는 아무런 반응도 보이지 않았다. BMW는 속도를 내서 다시 앞으로 끼어들었다. 갑자기

두 개의 붉은 후방 등이 악마의 눈처럼 부릅뜨며 켜졌다. 급정거였다. 최경식 대리는 브레이크를 세게 밟았다. 바퀴 네 개가 비명을 질렀다.

20센티미터? 어쩌면 10센티미터 정도 남았을 것이다. 운이 좋았다. 차는 BMW 범퍼를 거의 받을 뻔했다. 최경식 대리는 아무 말도 하지 못했다. 놀라 눈만 끔뻑거렸다. 이병우 팀장이 우리에게 말했다.

"다들 괜찮아요?"

운전석 쪽에서 누군가가 창문을 두드렸다. 덩치가 커서 얼굴은 보이지 않고 굵은 팔뚝만 보였다. 문신이 그려진 이두박근이 유리창에 붙어 꿈틀댔다. 최경식 대리는 차 밖으로 나갔다. BMW에서 내린 남자들이 어느새 우리 차를 둘러쌌다. 최경식 대리는 처음엔 기세 좋게 잘잘못을 따졌다. 하지만 머리를 짧게 깎고 얼굴에 흉터가 길게 나 있는 남자에게 멱살잡이를 당한 후부터는 아무 말도 하지 못했다. 이병우 팀장이 말렸다.

"이보시오, 이게 무슨 짓이요? 잘못은 그쪽이 먼저 했잖아요?"

몸에 꽉 끼는 양복을 입은 다른 남자가 눈을 부라리며 이병우 팀장을 쏘아보았다.

"제삼자는 빠지셔."

남자가 팀장의 가슴을 손으로 밀었다. 이병우 팀장은 뒤로 밀렸다. 넘어지려는 그를 내가 잡았다. 양복 남자는 차 문에 그려져 있는 회사 상호를 보았다.

"CCTV 전문 업체? 몰카 만드는 회사잖아. 이거 순진한 사람들 협박해 등쳐 먹는 놈들이네."

다른 남자가 말했다.

"야, 회사 이름이랑 전화번호 잘 적어놔라. 경찰에 신고해 버리게. 선량한 시민을 차로 위협하며 갑질했다고."

난 검은 양복 남자를 보았다. 시선이 마주쳤다. 그의 눈에서 불꽃이 튀었다.

"형씨, 그 눈빛 맘에 안 드네."

"……."

"깔아, 이 새끼야."

양복 남자는 얼굴을 바짝 디밀었다. 입에서 썩은 내가 났다. 내가 말했다.

"생트집 잡지 마세요. 당신들, 이런 식으로 돈 뜯어내려는 것 모를 것 같아요?"

그는 씩 웃었다. 양복 안쪽으로 손을 넣었다. 접이식 칼을 꺼내 눈앞에서 펼쳤다. 번뜩이는 칼날을 내 앞에 바짝 가져다 댔다. 난 눈 하나 깜빡하지 않고 양복 남자를 쳐다봤다. 그가 귀에 대고 속삭였다.

"오, 배짱 좋은데."

잡아먹을 듯 노려보는 남자의 눈동자에 내 얼굴이 비쳤다.

속 안이 끓어오르듯 부글거렸다. 뭘까, 이 느낌? 분노? 두려움? 후회? 아니, 아니다. 그것은 제3의 감정이었다. 난 조용히 말했다.

"당장 칼 치워요."

그는 풋, 코웃음을 쳤다. 칼을 손바닥 위에서 빙글빙글 돌리다가 손잡이를 내 쪽으로 향했다.

"진짜 깽값 한번 제대로 받아볼까? 어디 이걸로 한번 푹 찔러보쇼, 형씨. 여기 내 배때기에."

그는 내 손에 자기 칼을 쥐여주었다. 배를 까고 앞으로 쭉 들이밀었다. 용과 호랑이가 그려진 커다란 지방 덩어리가 벨트 위에서 출렁거렸다. 최경식 대리의 얼굴이 하얗게 변했다.

"이, 이봐요, 그러지 말고, 우리 이성적으로 마, 말합시다. 그러니까……."

"넌 입 닥쳐!"

흉터가 있는 남자가 최경식 대리의 목을 더 세게 움켜쥐었다. 가뜩이나 비쩍 마른 몸이 옴짝달싹 못 했다. 목이 눌려 콜록거리기만 했다. 험악한 상황에서도 이병우 팀장은 냉정했다. 강원도 깊은 산골의 두꺼운 강 얼음처럼 흔들림이 없었다. 그 남자에게 다가간 이병우 팀장은 무슨 말을 했다. 목소리가 작아 들리지 않았다. 팀장은 지갑 속에서 돈을 꺼내주었다. 흉터가 있는 그 남자는 날 쌔려보았다.

"오늘 운 좋은 줄 아쇼."

남자들은 차로 돌아갔다. BMW는 사라졌다.

차를 타고 가는 내내 최경식 대리는 분을 못 이겨 씩씩댔다. 하도 흥분해서 중간에 멈추고 내가 운전대를 잡았다.

"경찰에 당장 신고하자. 그런 놈들은 아예 햇빛을 못 보게 해야 해. 하필 이럴 때 차 블랙박스가 고장 날 게 뭐람. 주변에 CCTV 못 봤어?"

그는 계속 투덜대며 화를 참지 못했다.

"젠장. CCTV 전문가들이 탄 차에 증거로 쓸 영상이 없네. 팀장님, 아까 그 새끼들, 자해 공갈단 맞죠?"

"그런 것 같군요."

"걔들에게 얼마나 주셨어요?"

"많이는 아니니 신경 쓰지 마세요. 경찰서 찾아가 신고하고 이리저리 시간 뺏기는 것보단 일이 먼저라 그렇게 한 거예요. 신고는 총무부와 협의해 나중에 제가 하죠."

그렇게 입으로라도 화를 풀다 보니 최경식 대리의 기분이 조금은 나아진 것 같았다.

"난 정말로 규호 씨 아주 큰일 나는 줄 알았어. 그 있잖아, 사시미 칼 들고 놈이 설칠 때……."

"사시미 칼이 아니라 잭나이프예요. 스위스제 8조식 PM 시리즈."

"뭐? 그 와중에 그런 것까지 봤어? 대단해. 배짱도 좋아. 칼을 막 눈앞에 디밀어도 얼굴색 하나 안 변하던데?"

난 기억을 잃은 것이 아니라 두려움을 잊은 것일지도 모르겠다. 전두엽 일부를 잘라냈더니 고양이를 무서워하지 않게 됐다는 실험용 쥐에 관한 책이 생각났다. 기억 노트에 적을 것이 하나 더 늘었다. 이병우 팀장은 현장에 도착할 때까지 별말 없이 계속 노트북만 두들겼다. 마치 아무 일 없다는 듯이.

최경식 대리가 빈정대듯 말했다.

"허참, 두 분 다 정말 대단합니다. 어쩜 그렇게 냉정하실 수 있을까. 부처님 가운데 토막일세."

나와 이병우 팀장 사이엔 어떤 공통점이 있는 것 같다.

***

회식 모임이 늘 가던 삼겹살집에서 횟집으로 변경됐다. 60명이 넘는 인원이 한 번에 들어갈 장소를 찾긴 어려웠다. 결국, 이병우 팀장이 잘 아는 단골집으로 정했다. 전원이 큰 방 하나에 들어갔다. 광어와 도다리, 우럭과 오징어회가 상마다 푸짐하게 올라왔다. 건배사가 위에서부터 아래로 내려왔다. 소주와 맥주를 섞어 만든 폭탄주가 내 앞으로 몇 번 지나갔다. 난 평상시처럼 콜라를 마셨다. 회식 자리의 주제는 늘 똑같았다. 처음에는 올해의 매출, 작년 인사이동, 새 사이트에 대한 구조적 문제, 경쟁사 제품 분석 같은 업무 이야기가 주였지만 곧 저마다의 사사로운 고민을 안주 삼아 술잔을 채웠다.

이병우 팀장이 날 찾았다. 자리로 갔다. 그는 구석 자리에 앉아 새로 들어온 신입과 술을 마시고 있었다.

"찾으셨습니까? 팀장님."

"어서 오세요."

신입이 빈 술잔에 술을 채워 내게 주려고 했다. 이병우 팀장이 말렸다.

"강규호 씨는 술 못 마십니다."

"몰랐습니다."

"콜라는 괜찮죠?"

"네."

콜라병을 집었지만 비어 있었다. 종업원에게 콜라 한 병을 더 주문했다. 이병우 팀장은 일하는 데 어려움은 없는지, 현장에서 제일 힘든 것은 무엇인지, 건강은 괜찮아졌는지, 이것저것 물었다. 화제는 얼마 전 사건으로 넘어갔다.

"지난번에 현장 가다 깡패들과 시비가 붙었을 때요."

"……."

"아주 대차게 맞서던데."

이병우 팀장이 씩 웃었다.

"강규호 씨, 보기보단 강단이 있어요. 그런 살벌한 상황에서도 침착하게 대처하고. 말도 안 되는 협박을 받을 때 화가 나지 않던가요?"

"사실…… 잘 모르겠습니다."

"음?"

"화가 난 건지 아닌지."

그때 사장이 우리 자리로 끼어들었다. 얼굴은 벌게진 채였고 손에는 21년산 시바스 리갈을 들고 있었다.

"아, 규호 씨. 성실하고 열심인 강규호 씨. 회사에서 제일 실력 있는 필드 엔지니어, 우리 회사의 보배. 자네 같은 사람을 어디서 또 만나겠어?"

사장의 혀는 많이 꼬였다.

"받으시오, 받으시오."

그는 장단이 맞지 않는 노래를 흥얼거리며 내 앞 빈 소주잔에 양주를 채웠다. 이병우 팀장이 끼어들었다.

"강규호 씨는 술 못 한답니다."

사장은 날 빤히 바라보았다. 충혈된 두 개의 눈동자는 호기심 많은 강아지의 혓바닥처럼 내 얼굴 구석구석을 핥았다. 그러다 그가 왼쪽 귀 뒤를 긁적이며 말했다.

"이거 뜻밖인걸."

"……."

"술을 못 마셔?"

"……."

"자네 같은, 껍질이?"

'껍질?'

"그거 뭐라 그랬지? 사과 껍질, 그거."

'사과 껍질?'

"마그……. 뭐더라. 마가린? 마그릿? 마그리트. 그래, 마그리트의 껍질."

'마그리트의 껍질?'

3초? 길어야 5초를 넘지 않았을 것이다. 깊은 이마 주름, 꽉 다문 입술, 일그러진 눈매. 이병우 팀장의 얼굴이 얼음처럼 경직됐다.

찰나였을 뿐이지만, 난 모든 것을 보았고 기억했다. 망막에 맺힌 이미지는 내 시신경에 의해 정보로 바뀌었다. 필요한 것과 필요치 않은 것들을 구분하고 보강, 필터링해 세 개의 신경망 경로를 따라 머릿속 깊숙이 자리 잡은 처리 장소로 전달됐다. 후두엽을 거친 정보는 두정엽에 도달하면서 얼굴 근육의 위치를 파악했고, 공간 개념을 더 정교하게 만들어 지금 본 장면을 종합적으로 재구성했다. 편도체와 측두엽에서는 정보가 가지는 의미, 관련된 기억, 숨은 뜻을 추론했다. 그것들은 단기 기억을 저장하는 뇌세포 하나하나에 고스란히 저장되었다. 고

성능 QHD CCTV 카메라 뒤쪽에 숨겨진 네트워크 녹화기 저장 장치처럼 미묘하게 바뀐 이병우 팀장의 표정을 기록했다.

그가 말했다.

"사장님, 많이 취하셨습니다."

"음, 음."

사장은 잠꼬대 같은 알아들을 수 없는 말을 몇 마디 더 하다가 고개를 떨어뜨렸다. 이내 코를 골기 시작했다. 손에는 양주잔을 든 채였다. 종업원은 내 앞에 차가운 콜라를 조용히 내려놓았다.

"이 가게 회가 참 맛있군."

이병우 팀장은 젓가락으로 도다리 한 점을 집었다. 젓가락 사이에 끼워진 하얀 살이 살아 있는 듯 가늘게 떨렸다.

제2장

CCTV

기억은 여전히 돌아오지 않는다. 주치의 박석준은 내 일상이 너무 단조롭다고 했다. 뭔가 변화를 주는 것이 도움이 될 것이라고 충고했다. 전문가의 조언대로 집, 회사, 편의점, 책 대여점의 무한 루프를 이제 끊어야 할 듯싶었다.

일주일에 두 번은 시장에서 사 온 식자재로 요리를 해 먹었다. 김치찌개도 만들고 된장국도 끓였다. 조리 과정이 좀 복잡했지만 익숙해지려고 노력 중이다. 산책 코스도 변경했다. 뒷산뿐만 아니라 공원, 주변 상가, 아파트 단지, 가끔은 동네에서 꽤 떨어진 곳까지 다녀올 때도 있다. 간혹 혼자 카페에 들러 하얀 우유와 케이크를 먹기도 하고 번화한 상가에서 사람 구경을 하기도 한다.

제일 큰 변화는 주말 시간이 달라졌다는 점이다. 차수림을 따라 봉사 활동을 시작했다. 복지원부터 양로원까지 여러 곳을 다녔다. 차수림은 아는 이들이 많았다. 사람들은 하나같이 그녀를 좋아했다. 이기적인 젊은이들이 많아지는 요즘, 남을 위해 아낌없이 베푸는 진짜 착한 여자라고 했다. 특히 보육원 원장은 얼굴만큼 마음도 예쁘다며 칭찬을 아끼지 않았다.

오전에는 허물어져 가는 담장에 벽화를 그렸고 오후에는 가전제품 무료 수리를 했다. 동네 사람들이 가지고 나온 고물이 내 앞에 수북이 쌓였다. 고장 난 것은 부속품을 교체하거나 쓸 만한 부품을 꺼내 재활용했다.

봉사는 저녁 무렵 끝났다. 출출하니 뭐 좀 먹고 가자고 차수림이 말했다. 버스 정류장 근방 분식점에 들어갔다. 김밥, 떡볶이, 어묵, 순대를 시켰다. 우린 별 대화 없이 먹기만 했다. 난 며칠 전부터 궁금해지기 시작한 것에 대해 물었다.

"미술 전공하셨다고 했죠?"

"네."

"혹시 마그리트라고 아세요?"

"르네 마그리트요?"

"네."

"좋아하는 화가 중 한 명이에요. 왜요?"

핸드폰에 저장된 사진을 보여주었다. 기억 노트 표지에 프린

팅된 사과 그림이다.

"이게 마그리트 그림 맞나요?"

그녀는 사진을 확대해 찬찬히 살폈다. 고개를 갸우뚱했다.

"전형적인 초현실주의파 그림 같긴 하네요. 하지만 마그리트 것인지는 잘 모르겠어요. 마그리트가 초록색 풋사과를 모티프로 그림을 많이 그리긴 했지만……."

얼마 전이었다. 그날도 기억 노트를 꺼내 무언가를 끼적였다. 더 쓸 것이 생각나지 않아 노트를 덮었다. 새삼스레 표지의 그림이 눈에 들어왔다. 파란 하늘과 구름 위에 그려진 푸른 사과, 껍질이 반쯤 벗겨진 상태로 허공에 떠 있는 사과, 속이 텅 빈 사과, 바닥으로 흘러내리는 껍질, 황토색 흙바닥에 수북하게 쌓여 있는 과육의 허물. 그림 속 껍질을 한참 들여다봤다. 초현실주의 작품 같다는 생각이 들었다. 초현실주의라는 키워드로 인터넷에 검색했다. 첫 번째로 르네 마그리트라는 인물이 나왔다.

마그리트. 사과 그림이 그려진 노트. 우연치고는 좀 이상했다. 김형석 사장이 내 기억 노트에 대해 알고 있는 걸까? 좀 더 검색했다. 화가의 대표작 몇 개가 설명과 함께 나왔다. '피레네의 성', 요새 모양의 성이 거대한 바위 정상에 있다. 바위는 허공에 떠 있다. '레슬러의 무덤', 방 내부를 꽉 채운 커다란 붉은

장미 한 송이. 장미가 큰 것이 아니라면 방이 작은 것이다. '콜
콩드', 중절모에 레인코트 차림의 신사가 모래알처럼 흩어져
있다. 그들은 빗줄기처럼 위에서 아래로, 일렬로, 멀거나 가깝
게 허공에 박혔다. 인물 정보를 읽어봤다.

본명: Rene Francois Ghislain Magritte
출생–사망일: 1898. 11. 21 ~ 1967. 8. 15.
벨기에의 초현실주의 화가. 친숙하고 일상적인 사물을 예
기치 않은 공간에 나란히 두거나 크기를 왜곡시키고 논리를
뒤집어 이미지의 반란을 일으켰다. 장난기 가득하고 기발한
상상이 돋보이는 그의 작품은 보는 이로 하여금 관습적인 사
고의 일탈을 유도한다.
…… 양복 재단사인 레오폴 마그리트와 모자 상인인 아들
린 사이에서 장남으로 태어난 르네 마그리트의 어린 시절은
어머니의 비극적인 죽음이 큰 부분을 차지하고 있다. 1912년
어머니는 상브르 강에 몸을 던져 자살했다. 어린 마그리트는
어머니의 시신을 강에서 건져내는 과정을 모두 지켜보았다.
드레스 자락으로 얼굴이 덮인 채 강물 위에 떠 있었던 어머니
의 이미지는 머릿속에 각인이 되어, 작품들에 많은 영향을 끼
쳤다. 대표적인 예로 '연인들'(1928)에서 두 남녀는 천으로 얼
굴을 가린 채 묘사되어 있다. 그러나 마그리트는 이를 터무니

없는 추측이라며 일축해 버렸다.

그날 난 잠들기 전까지 마그리트에 대해 찾아보았다.

차수림은 스마트폰으로 르네 마그리트의 사과 그림들을 찾아 보여주었다. 다른 작품들처럼 비현실적으로 왜곡되거나, 지나치게 크거나, 비대칭적이거나, 배타적 이미지들이 겹쳐져 있는 것들이었다. '세련된 현실'이라는 제목의 작품은 초록 사과 위에 탁자가 올라가 있는 그림이고, '위대한 전쟁'은 제목과 걸맞지 않게 검은 양복을 입은 남자가 정면을 응시하는 것이었다. 양복 남자의 얼굴은 사과로 가려져 있어 전혀 볼 수가 없었다. '헤지테이션 왈츠', '여행의 추억', '리스닝 룸', '습관의 힘'······. 하나같이 사과를 주제 혹은 소품으로 삼아 그린 그림이었다. 하지만 노트 표지와 같은 것은 없었다. 차수림은 고개를 저었다.

"제가 이 사람의 웬만한 작품들은 아는데, 이건 처음 봐요. 하지만 알려지지 않은 작품일 수도 있어요. 르네 마그리트는 워낙 다작 작가라 자기가 그린 작품을 잘 기억 못 한다는 이야기도 있거든요. '아르키메데스의 원리'라는 초창기 사과 그림이 있는데 그림에 본인 서명이 있음에도 언제 그렸는지 생각도 나지 않는다고 말할 정도였으니까요."

그림을 더 검색했다.

"이게 제일 유명한 사과 그림이에요."

'이것은 사과가 아니다(This is not an apple)'. 제목과 달리 커다란 사과 그림이었다. 사과 표면에는 쇠창살로 막힌 작은 창이 뚫려 있고 안에 새 한 마리가 들어 있었다.

"마그리트는 이 그림을 완성한 후 막스 에른스트라는 친구 화가에게 줬어요. 사과 속의 새는 막스가 즐겨 그리는 새를 그려 넣은 거예요. 여기 아래 글귀가 보이죠? 이건 막스가 직접 적어 넣은 거래요. '이 그림은 마그리트가 그린 그림이 아니다(Ceci n'est pas un Magritte).'라고. 미술사에는 이렇게 재미있는 이야깃거리들이 많죠. 설명하다 보니 나도 왜 마그리트가 사과에 꽂혔는지 궁금해지네요."

"일상에서 친숙한 과일이니까 그렇겠죠. 사과는 성경이나 신화에 자주 등장하잖아요. 언어에도 사과와 관련된 것이 많아요. 영어로 apple은 모든 과일을 일컫는 게르만어 Aplaz에서 유래했대요. 프랑스어로 사과를 뜻하는 Pomme를 이용하는 단어도 많고요. 솔방울(Pomme de pi, 소나무의 사과), 감자(Pomme de terre, 땅속의 사과), 샤워 꼭지(Pomme de dough, 샤워기의 사과) 등등."

"어쩜 그런 걸 다 알아요?"

"만날 하는 건데요."

"외국어 공부?"

"아니요, 책 읽는 것."

"무슨 책을 보는데요?"

"역사, 심리학, 언어, 철학, 문학……. 종류는 가리지 않습니다."

옅은 미소가 그녀의 입술에 피어올랐다.

"규호 씨."

그녀는 성을 빼고 이름만 불렀다. 낯설었다.

"규호 씨는 책을 통해 사람을 보는군요."

"……."

"난 그림을 통해 보는데."

"……."

"이 그림이 왜 궁금해요?"

대답하지 않았다. 난 그림엔 전혀 관심 없다. 다만 술 취한 사장의 입에서 뜬금없이 튀어나온 '마그리트의 껍질'과 기억 노트 표지의 사과 껍질, 이병우 팀장의 일그러진 얼굴, 이 세 가지의 희미한 관계성이 궁금할 뿐이다. 아무래도 주치의인 박석준에게 노트 그림에 대해 직접 물어봐야 할 것 같다.

정류장에서 함께 버스를 기다렸다. 차수림은 뭐 좀 살 게 있다며 골목 안으로 들어갔다. 의자에 앉아 오가는 사람들을 바라보았다. 구급차가 요란한 소리를 내며 앞을 지나갔다. 빨강과 노랑 사이를 분주히 오가는 경광등 불빛이 사람들 얼굴 위로 뿌려졌다. 하나같이 화려한 꽃처럼 보였다. 그들이 정말 꽃이면 좋겠다고 생각했다. 제자리에서 피고 질 뿐, 어디로도 가지 못할 테니까.

"받아요."

차수림은 뒤에 숨기고 있던 꽃다발을 불쑥 들이밀었다.

"생일 미리 축하해요."

까맣게 잊고 있었다, 내일이 내 생일이라는 것을. 하얀 안개꽃 속에 붉은 라벤더 한 송이가 파묻힌 것이었다. 내가 말했다.

"약속과 기다림."

"예?"

"안개꽃 꽃말은 약속, 라벤더는 영원한 기다림이에요."

그녀가 피식 웃었다.

"오해 말아요. 그냥 꽃이 예뻐 샀어요. 이렇게 짙은 붉은색을 보면 마음이 편안해져서요."

"내 생일인 줄은 어떻게 알았어요?"

"인사 기록 카드에서 봤죠."

그녀는 일본 게이샤 인형 같은 표정을 지으며 또 웃었다.

* * *

잔업을 마무리하다 보니 퇴근 시간을 훌쩍 넘겼다. 사무실을 직접 잠그고 나왔다. 1층 출입문에서 누가 불렀다. 이병우 팀장이었다.

　"늦었군요."

　"네, 마무리 좀 하다가 보니 그렇게 됐습니다."

　"저녁은?"

　"먹었습니다."

　"약속 있어요?"

　"아니요."

　"나 지금 체육관 가는 길인데, 바쁘지 않으면 같이 갈래요?"

　그가 저녁마다 찾는 곳은 칼리 아르니스를 수련하는 도장이었다. 체육관은 건물 5층이었다. 문을 열고 안으로 들어갔다. 꿉꿉한 땀 냄새가 물씬 났다. 막대를 들고 인체 모형을 상대로 타격 연습을 하던 수련생 한 명이 반갑게 맞았다.

　"오셨어요? 애들아, 사범님 오셨다."

　모두 일제히 고개 숙여 인사했다.

　"관장님은?"

　"잠시 나가셨어요."

　그는 낮에는 팀장으로, 밤에는 무술 사범으로 지냈다. 어느 정도 실력이기에 사범 소리를 들을까. 궁금했다. 수련생들은 하나같이 울리시라 불리는 나무 막대를 들고 있었다. 그들은 상대방의 관자놀이, 울대, 고환, 명치 같은 급소를 공격했다. 동작은 짧고, 빠르고, 정확했다. 스틱이 허공에서 날카로운 소리를 내며 맞부딪쳤다.

"내가 조금 가르쳐줄 수 있는데."

수련생들의 몸놀림을 뚫어지게 바라보던 내게 이병우 팀장은 빙그레 웃으며 말했다.

팔과 정강이에 보호구를 찼다. 머리에 헤드기어를 썼는데 여타 격투기 호신 장비와 달리 안면에 투명한 강화 플라스틱이 부착된 것이었다. 마치 오토바이 헬멧 같았다. 팀장은 울리시 대신 끝이 둥근 플라스틱 칼을 건넸다.

"대나무 스틱을 사용하는 게 아닌가요?"

"그건 너무 평범하죠. 게다가 나이프 디펜스 쪽이 좀 더 현실적이니까."

현실적이라……. 얼마 전 우리가 겪은 보복 운전 사건이 생각났다. 눈앞에서 잭나이프를 현란하게 돌리던 깡패의 눈빛이 떠올랐다.

"칼을 맨손으로 방어하는 것은 사실 거의 불가능해요. 영화는 영화일 뿐이에요. 최소한의 디펜스를 위해선, 자동차 열쇠, 핸드폰, 볼펜, 책, 가방, 뭐라도 잡는 것이 유리합니다."

기본적인 동작을 배웠다. 위쪽 팔만으로 갑자기 들어오는 공격을 막는 법, 하체를 뒤로 빼고 칼을 피하는 법, 방어와 동시에 순식간에 상대방의 옆구리, 목, 정강이를 타격하는 연속 기술까지 배웠다. 인체 급소도 알려줬다. 명치나 옆구리를 찌르고 상대방을 제압하는 방법도 가르쳐줬다. 그의 동작은 군더더기가 없었다. 솜씨 좋은 외과 의사의 메스처럼 정확하고 빠르게, 하지만 필요한 만큼만 움직였다. 몇 번에 걸쳐 합을 맞추었다.

그가 얼굴의 땀을 닦으며 말했다.

"자, 그럼 이제 실전으로 들어가 볼까요."

그는 핸드폰을 쥐었다. 도장에 비치된 연습용이라 액정은 다 깨졌고 외관도 상처투성이였다. 내겐 모형 칼을 잡으라고 했다. 칼자루를 부여잡은 팔에 힘이 들어갔다. 이병우 팀장은 허리를 굽히고 자세를 취했다. 오른손은 핸드폰을 단단히 거머쥐고 왼손은 나를 향해 뻗어 가까이 접근하지 못하게 막았다. 다리는 언제라도 방향을 틀 수 있도록 뒤꿈치를 반쯤 들고 무릎을 구부린 상태였다.

난 배운 대로 칼을 몸 안쪽에서 바깥 방향으로 빠르게 휘둘렀다. 하지만 뻗은 오른팔은 팀장의 단단한 어깨와 팔뚝에 막혔다. 상체가 균형을 잃고 방향이 틀어졌다. 곧이어 그의 핸드폰이 무방비 상태가 되어버린 내 옆구리를 가격했다. 심한 통증이 느껴졌다.

상대방의 복부를 향해 길게 내질렀다. 이병우 팀장은 한 발

뒤로 물러나면서 핸드폰으로 칼을 쳐냈다. 미끄러지듯 왼편으로 방향을 바꾸고 야구 배트 같은 단단한 다리로 내 정강이를 걸어찼다. 동시에 복부와 옆구리를 핸드폰 모서리로 차례로 찔렀다. 빠르고 정확한 연속 공격이었다. 수없이 반복된 훈련으로 만들어진 방어술이었다.

참을 수 없는 고통이 명치에서부터 전신으로 퍼졌다. 숨을 제대로 쉬기도 힘들었다. 쥐고 있던 칼은 어느새 그의 손에 들렸다. 이병우 팀장은 다리를 걸어 날 넘어뜨렸다. 이어 왼쪽 팔을 비틀어 암 바를 걸었다. 입에서 비명이 터져 나왔다.

한참 동안 체육관 바닥 매트에 쓰러져 숨을 몰아쉬었다. 바닥으로 굵은 땀방울이 뚝뚝 떨어졌다. 수련생들은 어리둥절한 표정으로 나와 이병우 팀장을 번갈아 보았다. 이병우 팀장의 공격은 분명 누가 봐도 과했다. 더구나 처음 칼리 아르니스를 배우는 초보자를 대상으로 하기엔 말이다.

돌아오는 길에 편의점에 들렀다. 파스를 샀다. 뒷주머니에서 지갑을 꺼내려고 팔을 돌리는 것도 몹시 고통스러웠다. 어디 다쳤냐고 주인아저씨가 물었지만 대답하지 않았다.

집으로 오는 내내 이병우 팀장이 한 마지막 말이 신경 쓰였다. 쓰러진 나를 일으켜 세우며 그는 말했다. 내게만 들릴 정도로 작은 목소리였다.

'……어때요? 지금 화가 나나요?'

눈에 살기가 가득했다. 그것은 먹잇감을 노리는 굶주린 사자의 것과 비슷했다. 회사에서의 그는 지적이고 점잖으며 친절했다. 하지만 체육관에서의 모습은 달랐다.

성격장애 환자의 뇌 사진이 떠올랐다. 이병우 팀장은 세로토닌, 도파민 같은 유전자에 문제 있는 사람일지도 모른다. 뇌 단면을 정밀 촬영해 보면 안와 피질, 대상 피질, 측두 피질 간 연결 장치가 고장 났거나 편도체, 측두엽 부위가 새까맣게 죽어 있을지도 모른다. 그 안에는 직원 누구도 보지 못한 제2의 자아가 숨겨져 있을 것 같았다.

'이런 부류의 환자는 종종 극단의 성격을 보이기도 하죠. 겉으로는 매너 좋고, 친절하고, 세련되지만 안에는 언제 터질지 모르는 시한폭탄을 품고 있는 것처럼.'

박석준이 했던 말이 불 꺼진 침대방 어딘가에서 들리는 모깃소리처럼 윙윙거렸다.

***

그 남자의 존재를 알게 된 것은 순전히 우연이었다. 그날 난 CCTV 고장 신고를 받고 집 근처 아파트 단지 관리 사무실에서 녹화 이상 여부를 점검 중이었다. 하드디스크에 저장된 며칠분의 촬영 영상을 살펴봤다. 모니터에 길 건너편에서부터 걸어오고 있는 내가 나타났다. 시간과 방향으로 봐서 퇴근하는 모습이었다. 잠시 후 누군가가 뒤를 따라왔다. 작고 마른 남자다. 다음 날 영상에도 그 남자는 찍혔다. 그다음 날도, 또 그다음 날도 마찬가지였다. 같은 시간, 같은 장소, 내 뒤에는 언제나 정체불명의 남자가 붙어 있었다.

늦은 퇴근길이었다. 뒤가 자꾸 신경 쓰였다. 내가 고쳐놓은 아파트 관리소 건물의 감시 카메라를 힐끗 쳐다봤다. 지금도 저것은 날 찍고 있겠지. 동시에 10미터 뒤, 내 뒤를 따라오는 남자도 함께 촬영하고 있을 테고.

집 근처에 다다랐을 때 주차된 자동차의 사이드미러를 통해 뒤를 살폈다. 놈의 모습이 얼핏 보였다. 잠시 그대로 서 있었다. 눈치를 챘는지 그는 슬며시 어둠 속으로 사라졌다. 놈은 매우 신중했다.

회사에서 연구용으로 구매한 미국산 스파이 액션 캠을 빌렸다. 접착식 고정 장치가 있어 신체 어디에도 쉽게 부착할 수 있고 FHD 60프레임으로 네 시간 정도는 거뜬히 녹화할 수 있는 하이 엔드급 모델이다. 자재 담당 대리에게는 필드 테스트라는 이유를 댔다. 등 가방 안에 카메라를 넣고 작은 구멍을 통해 렌즈가 나오도록 부착했다. 녹화 테스트를 해보았다. 흔들림에도 안정적이고 화질 또한 좋았다.

일부러 먼 길을 택해 집으로 갔다. 오는 길에 편의점에 들러 도시락과 콜라를 샀다. 책 대여점에 들려《뇌 구조의 비밀》이라는 책을 빌렸다. 공원을 몇 바퀴 돌았다. 일부러 천천히 걸었다. 가끔 제자리에 서서 주변을 둘러보는 척도 했다.

집에 들어오자마자 카메라 메모리를 꺼내 노트북에 연결하고 찍힌 영상을 확인했다. 남자는 버스 정류장에서부터 따라붙었다. 검은 캡을 눌러쓰고 목까지 올린 폴라 티를 입었다. 몸집이 왜소하고 키도 성인 남자치곤 작았다. 얼굴을 확대했다. 하지만 거리가 멀고 조도가 낮아 식별이 어려웠다. 그는 항상 일정 거리를 유지했다. 내가 멈추어 서면 휴대폰을 보는 척하거나 근처 가게 쇼윈도를 기웃거렸다. 책 대여점에 들어갔을 때는 전봇대 뒤에서 기다렸다. 그는 람세스 왕의 저주를 받아 영원히 사라지지 못하는 죽음의 그림자처럼 내 곁을 맴돌았다. 집 근처에 도착해서야 놈의 얼굴이 정면으로 카메라에 잡혔다. 영상을 정지했다.

창백한 피부, 날씬한 턱선, 연분홍빛이 도는 입술. 어딘지 낯이 익었다. 최대한 확대했다. 양쪽 눈이 화면에 가득 찼다. 가는 눈썹, 쌍꺼풀 없는 눈, 깊고 커다란 눈망울, 핏줄 하나 없는 깨끗한 흰자. 지갑 속에서 사진을 꺼냈다. 미스터리한 여자 사진을 모니터 옆에 가까이 댔다. 영상 속 놈의 눈매가 여자의 것과 아주 많이 닮았다. 사진을 뒤집어 봤다.

뒤를 조심할 것.

뒷면에 적어놓은 글귀에서 흘러나온 무언가가 경추부터 엉덩이 꼬리뼈까지 지나갔다.

다음 날, 출근하자마자 장비 테스트실로 갔다. 스캔해 간 영상 속 남자 얼굴과 미스터리 여자 얼굴 사진을 영상 분석 SW에 업로드했다. 배경을 제거하고 화질 개선 프로세스를 실행했다. 인물의 이목구비가 더 또렷해졌다. 보정된 사진들을 같은 크기로 확대했다. 비교 분석 버튼을 눌렀다. 분석 진행 중. 프로그레스 바가 거북이처럼 천천히 움직였다.

'인물 유사도 69%.'

마우스로 턱과 입 주위를 드래그해 선택하고 부분 유사도 분석을 실행했다.

'73%.'

얼굴 중간 코 있는 부분을 비교했다.

'81%.'

눈 주변을 확대하고 분석 버튼을 클릭했다.

'94%.'

어쩌면 놈은 2년의 기억을 되살릴 열쇠일지도 모른다. 아무래도 그를 직접 만나봐야 할 것 같다. 그러면 사진 속 여자가 누구인지, 왜 그녀 사진이 우리 집 화장실 비밀 벽 뒤에 감춰져 있었는지, 그 미스터리가 풀릴지도 모른다. 혹시 누가 알겠는가. 그로 인해 금고 비밀번호까지 알아낼지도.

* * *

무슨 냄새를 맡은 것일까. 내 뒤를 밟던 남자는 그날 이후 나타나지 않았다. 퇴근길, 일부러 정류장과 집을 몇 번씩 오갔지만 그의 그림자조차 찾을 수 없었다. 기억의 입구를 열어줄 열쇠는 정말 이렇게 사라져 버린 걸까.

금요일 밤이 되었다. 월요일까지 이어진 휴일 첫날이기도 했다. 차수림과 함께 영화관을 갔다. 원래는 못다 읽은 책을 완독할 계획이었다. 하지만 "보고 싶은 영화가 있는데 같이 갈래요?"라는 그녀의 문자가 온 지 몇 시간 후 우린 극장 앞에서 만났다.

9시 타임의 로맨틱 코미디 영화를 골랐지만 차수림은 다른 것을 보자고 했다. 제1 규칙. 첫 데이트에선 가볍고 유쾌한 영화를 골라라. 《이제 막 사랑을 시작하는 사람들을 위한 가이드》

라는 책의 지침대로 고심 끝에 골랐지만 보기 좋게 실패했다.

그녀가 선택한 것은 하드보일드 공포 영화였다. 19금 판정을 받은 슬로베니아 영화로 자국에서 상반기 흥행 돌풍을 일으킨 작품이다. 국내에선 잘 알려지지 않은 감독과 배우의 작품이고, 유럽의 생소한 나라라는 점 때문에 하루에 단 2회, 조조와 밤 시간대에만 상영했다. 그나마도 이번 주를 끝으로 막을 내린다고 했다. 그래서인지 관람객들도 적었다. 영화 박스 오피스 상위권에 올라간 다른 작품들이 모두 매진인 것과는 대조적이었다.

차수림은 팝콘을 집어 먹으며 말했다.

"이 영화 꼭 보고 싶었어요. 그런데 혼자 보고 싶지는 않고. 그래서 연락한 거예요. 오해는 마시길."

영화의 첫 장면은 스크린을 가득 채운 불그스레한 새벽하늘이었다. 둥근 태양이 지평선에서부터 지글거리며 천천히 떠올랐다. 시간이 갈수록 하늘은 점점 더 붉어지다가 마지막엔 화면 전체가 새빨갛게 변했다. 중앙에 영화 제작 프로덕션의 로고가 느릿느릿 나타났다. 알파벳 글자에서 피가 뚝뚝 떨어졌다.

차수림이 귓속말로 말했다.

"난 이런 장면이 좋아요."

"왜요?"

"온통 빨갛잖아요."

영화 내용은 단순했다. 연인을 잃은 한 남자의 복수극이 다였다. 하지만 스토리가 중요하지 않다는 것을 금방 깨달았다. 스크린을 가득 메운 것은 피와 살과 비명의 향연이었다. 연인을 무참히 강간 살해한 놈들을 하나씩 찾아 죽이는 주인공. 그의 살해 방법은 상상을 초월했다. 상영 중간에 두 명의 여성 관객이 밖으로 나갔다. 세 번째 공범의 성기를 잘라 입에 쑤셔 넣는 장면에서 또 몇 명이 고개를 저으며 나갔다. 사지를 절단한 주범을 수레바퀴에 매달고 불을 붙여 절벽 아래로 굴리는 마지막 장면까지 극장 안에 남아 있는 사람은 영화 중간쯤 들어와 술에 취해 곯아떨어진 아저씨와 우리뿐이었다.

엔딩 크레디트가 화면 위로 올라갔다. 극장 안에 불이 켜졌다. 아줌마가 청소하기 시작했다. 차수림은 깜짝 놀라 말했다.

"어머, 벌써 팝콘 떨어졌네. 누가 다 먹었지?"

그녀의 가슴에 안긴 빅 사이즈 허니 크리스피 팝콘 통은 이미 바닥을 드러냈다. 차수림에게서 달콤한 냄새가 났다. 그녀는 팔꿈치로 옆구리를 가볍게 찔렀다. 크고 맑은 눈을 동그랗게 뜬 채 내게 말했다.

"돼지!"

11시가 넘어 영화관을 나왔다. 차수림은 그냥 들어가기 아쉬우니 한잔하고 가자고 했다. 그녀의 단골 카페는 영화관에서 멀지 않았다. 카페 주인에게는 언니라고 불렀다. 오십 정도 돼 보이는 주인은 차수림을 보자 오랜만이라며 호들갑을 떨며 보관해 둔 와인을 가져왔다. 이상한 냄새가 나는 치즈와 홋카이도산 버터 감자 스낵을 접시에 담아 내왔다.

"콜라는 몸에 안 좋으니 탄산수 드세요."

그녀는 콜라를 주문하려는 내게 그렇게 말하고 일방적으로 탄산수를 시켰다. 차수림은 붉은 포도주를, 난 아무 맛도 느껴지지 않는 밍밍한 탄산수를 마셨다. 대화는 영화 이야기로 시작해 자연스럽게 술에 관한 것으로 흘러갔다. 그녀가 말했다.

"이 와인은 산지오베제 품종이에요. 그래서 침이 고일 정도로 신맛이 강하죠. 하지만 잘 숙성된 것은 맛이 달라져요. 첫맛은 방금 딴 덜 익은 자두 맛이 나지만 피니시는 꽤 묵직하게 변하거든요. 이탈리아에서 가장 유명한 끼안띠 와인에도 이 품종이 들어가요. 그거 아세요? 산지오베제의 어원이 제우스의 피라는 것?"

제우스의 피. '와인을 마신다는 것은 신의 피를 먹는다는 거군요. 수림 씨는 신을 먹는 인간이고.' 속으로만 대답했다.

"뭐랄까, 산지오베제 와인을 마시면 비 내리는 해변을 맨발로 걷는 그런 느낌이 들어요."

"……."

"허세가 심하네. 그렇게 생각했죠?"

"아니요, 다만 와인에 그렇게 대단한 의미를 두는 것이 이해되지 않아서요. 결국 술은 술일 뿐인데."

"술이 어때서요? 오직 인간만이 할 수 있는 고급 유희잖아요."

"인간 외에 자발적으로 술을 마실 수 있는 동물도 있어요. 침팬지가 그래요. 어느 외국 대학에서 이런 동물 실험을 했대요. 매일 일정량의 술을 음식과 함께 침팬지에게 주었답니다. 처음에는 약한 농도의 술을, 다음엔 좀 더 높은 도수의 것으로, 그다음엔 조금 더 센 거로 주고. 그런 식으로요. 물론 그 외 먹이, 운동, 놀이, 환경 같은 조건은 똑같이 했고요. 그렇게 일정 시간이 지난 후, 실험 마지막 날에 여러 가지 종류의 술을 침팬지 앞에 놓아주었어요. 소주, 맥주, 포도주, 양주 그리고 그냥 맹물. 일종의 알코올 의존성 테스트죠. 침팬지는 무얼 집었을까요?"

"소주?"

"아니요."

"와인?"

"아니요."

"……"

"소맥을 말아 먹었대요. 과일 안주와 함께."

차수림은 깔깔거렸다. 제우스의 피로 담근 와인 때문인지 아니면 《연인에게 해주면 좋을 만한 유머 100선》의 내용이 재미있어서인지 얼굴이 빨개지도록 웃었다. 남은 탄산수를 컵에 채웠다. 적갈색 산지오베제 와인과 투명한 거품을 품은 탄산수 컵이 날카로운 소리를 내며 테이블 위에서 마주쳤다. 우린 서로 다른 색의 음료를 각자의 방식으로 마셨다.

같은 동네에 산다는 것에는 데이트의 시작과 끝을 함께할 수 있다는 장점이 있다. 하지만 조용히 걸을 자유가 없다는 단점도 있다. 우린 약수역 근처 버스 정류장에서 내렸다. 골목길을 함께 걷는 내내 그녀는 수다를 멈추지 않았다. 내용은 별것 없었다. 어느 유명 화가의 카사노바식 스캔들, 봉사 활동에서 만난 이상한 변태 아저씨, 혹은 언제 웃어야 할지 타이밍을 잡기 힘든 최신 유머 같은 것이었다. 그녀가 웃으면 따라 웃고 심각한 표정으로 말하면 진지하게 들었다.

편의점에 들렀다. 콜라를 집어 들었더니 차수림은 고개를 절레절레 저었다. 콜라를 도로 가져다 놓고 우유와 내일 먹을 아침 도시락만 샀다. 차수림은 오렌지 주스를 샀다. 얼마 나오지 않아 내 카드로 계산했다.

사거리까지 천천히 걸어갔다. 그곳에서 잠시 걸음을 멈췄다. 왼쪽 길로 가면 우리 집이고 위쪽 언덕으로 가면 그녀의 집이 있는 빌라 방향이다. 바래다줄까 아니면 여기서 그만 헤어질까, 고민했다. 차수림이 입을 열었다.

"규호 씨."

"네, 차수림 씨."

"성 좀 빼고 불러요."

"네, 수림 씨."

"규호 씨는 참 규칙적인 사람 같아요."

"……."

"집, 회사, 편의점, 책 대여점. 이게 전부잖아요. 그렇게 사는 것 재미없지 않아요?"

"생활이 달라지는 것이 불편해서요. 몸에 맞지 않는 양복처럼."

"애인은 있어요?"

고개를 저었다.

"그럼 그 여자는 누구예요?"

"누구?"

"지갑 속에 있는 여자."

언제 봤을까. 내 표정을 읽은 그녀가 바로 말했다.

"아, 오해는 말아요. 아까 편의점에서 카드 꺼낼 때 지갑에 있는 사진을 우연히 본 거니까."

"모르는 여자입니다."

차수림은 어이없어했다.

"근데 왜 들고 다녀요?"

"나도 그 여자가 누군지 알고 싶어요."

호기심 많은 그녀답지 않게 더는 묻지 않았다. 잠시 침묵이

홀렸다. 차수림은 엉뚱한 질문을 했다.

"정류장에서부터 여기까지 CCTV가 몇 개 있게요?"

"글쎄요."

"다섯 개예요. 정류장 근처 당구장 건물 외벽에 하나, 아파트 관리실 건물에 하나, 두 번째 골목길 가로등 근처에 하나. 그리고 저기, 또 저기. 총 다섯 개의 카메라 렌즈가 계속 우리를 보고 있었어요."

손가락이 가리키는 곳에 박스형과 파노라마형 카메라가 보였다. 카메라 위치를 확인하는 사람은 두 종류밖에는 없다. 죄를 지은 자 혹은 죄를 지으려는 자. 최경식 대리가 그렇게 말했다.

차수림은 내 손을 잡았다. 건물과 건물 담벼락 사이 사람 하나 지나갈 정도의 좁은 틈으로 끌고 갔다. 마주 보고 섰다. 서로의 몸이 가까이 붙었다. 그녀의 입술이 내 귀에 대고 속삭였다.

"여긴 CCTV 사각지대예요."

포도 냄새, 알코올 냄새, 구운 감자 냄새가 났다. 숨기척이 귓바퀴를 간지럽혔다. 그녀의 숨결은 뺨과 목을 타고 허벅지까지 따라 내려갔다. 내게 입을 맞추었다. 부드러웠다. 축축했다. 뜨거웠다. 풍만한 젖가슴이 상체를 묵직하게 눌렀다. 아랫도리가 뻐근해졌다.

"나와 사귀고 싶으면 두 가지를 약속해 줘요."

"……."

"콜라를 마시지 말 것."

"⋯⋯."

"어떤 상황에서도 화내지 말 것."

다시 키스했다. 함께 우리 집으로 갔다. 우린 격정적인 정사를 치렀다. 비밀스러운 사내 연애는 그렇게 시작됐다.

* * *

가슴이 답답했다. 분명 얇은 이불을 꺼내 덮었는데 숨을 쉬기 어려울 만큼 무거웠다. 눈을 떴다. 캄캄했다. 손으로 바닥을 더듬었다. 침대가 아니다. 푹신한 시트 대신 축축한 흙이 손가락 사이로 미끈거리며 새어 나왔다. 손을 위로 뻗었다. 둔탁함이 느껴졌다. 주먹으로 쿵쿵 쳤다. 감촉과 소리가 나무판자였다. 모래가 우수수 아래로 떨어졌다. 얼굴로 쏟아진 것들을 닦아냈다. 아무리 눈을 크게 떠도 빛 한 점 보이지 않는다. 난 어딘가에 갇혀 있었다. 발로 앞을 찼다. 나무판자가 우지끈 부러지는 소리를 냈다. 더 세게 찼다. 파편들이 쏟아져 내렸다. 미친 듯이 주먹질을 하고 발길질을 해댔다.

부서진 틈으로 한 줄기 빛이 보였다. 하지만 뭔가 이상했다. 빛은 광명도, 일말의 구원도, 푸른 희망도 아니라는 생각이 들었다. 옴짝달싹 못 한 채 암흑 속에 갇혀 있음에도 왜 난 바깥의 빛이 두려운 것일까.

콰!

앞을 가로막은 판자가 엄청난 굉음을 내면서 솟구쳤다. 나무 조각은 수백 개 파편으로 갈라져 하늘로 날아가 버렸다. 눈을 똑바로 뜨기 어려울 만큼 빛이 쏟아져 내렸다. 난 좁은 관 속에 누워 있었다. 하얀 수의를 입은 채였다. 몸을 일으켜 세우려 했지만, 나무뿌리가 몸을 칭칭 감고 놓아주지를 않았다.

하늘에 작은 점들이 나타났다. 깨알 같은 점들은 점점 커졌다. 자세히 보니 점이 아니었다. 짧은 것, 긴 것, 둥그런 것, 네모난 것, 각자의 모양을 가진 덩어리들은 잘린 팔과 다리, 사지가 사라진 네모난 몸통들이었다. 나를 향해 추락하는 살덩어리들이 땅바닥에 충돌해 빈대떡처럼 퍼졌다. 툭탁거리는 소음이 사방에서 들려왔다. 부러진 뼛조각이 튀어 올랐다. 누군가의 머리통이 관 안으로 굴러떨어졌다. 검붉은 핏물이 얼굴을 왈칵 덮쳤다. 피비린내에 구역질이 났다. 난 발버둥을 쳤다. 더 많은 살덩어리와 뼈와 피가 안으로 쏟아졌다. 관 속에 핏물이 가득 차올랐다. 비명을 질렀다. 하지만 목소리가 나오지 않았다.

침대에 앉아 숨을 몰아쉬었다. 등과 이마가 땀에 흠뻑 젖었다. 바지를 살폈다. 다행히 오줌을 싸지는 않은 것 같다. 시계를 보았다. 5시. 늘 같은 시각이다. 악몽은 여전히 진행 중이다.

지독한 갈증이 났다. 냉장고를 열었다. 캔 콜라를 꺼내 손에 쥐었다. 뚜껑을 땄다. 코를 처박았다. 숨을 깊숙이 들이켜 냄새를 맡았다. 물방울이 맺힌 매끈한 금속 표면을 만지작거리다 화장실로 갔다. 콜라를 변기에 다 부어버렸다. 대신 생수를 벌컥벌컥 마셨다.

'못 견딜 만큼 콜라를 마시고 싶으면 어떻게 해요?'

'캔 뚜껑을 따 냄새만 맡고 버려요. 그러면 괜찮아질 거예요.'

'효과가 있을까요?'

'나도 그렇게 해서 콜라 중독에서 벗어났어요.'

'수림 씨도 콜라를 좋아했었나요?'

'예전에 콜라를 항상 냉장고에 가득 채워놓고 살았어요. 향이라도 맡으며 위안을 얻으려고.'

콜라를 마시지 않겠다고 차수림과 약속했다. 약속은 반드시 지켜야 한다. 슬쩍 마시고 거짓말을 할 수도 있겠지만 그러긴 싫었다. 그것은 상대에 대한 배신행위이다. 스스로 나약함을 인정하는 짓이다. 난 우리 사이가 신뢰로 이어지길 바랐다.

그녀의 조언처럼 콜라를 냉장고에 가득 넣어두는 것은 심리적 안정감을 주었다. 하나를 더 꺼내 뚜껑을 따고 냄새를 맡았다. 까만 탄산음료의 중독성은 생각보다 심했다. 난 발정기 고양이처럼 콜라 냄새를 풍기며 방 안을 이리저리 서성였다.

분노할 일은 생각보다 많다

뒤를 미행하던 남자가 다시 모습을 드러냈다. 며칠 전부터 내 주위를 거머리처럼 따라붙었다. 이번엔 놓치지 않을 것이다. 일부러 늦게 퇴근했다. 집으로 가는 언덕길도 천천히 걸었다. 편의점을 지나쳤다. 주산 학원과 태권도 학원이 보이는 건물 쪽으로 향했다. 사거리 근방에 다다랐다. 오른쪽으로 꺾자마자 건물과 건물 사이, 좁은 공간으로 급히 몸을 숨겼다. 그곳은 차수림과 첫 키스를 했던 곳인 동시에 감시 카메라가 닿지 않는 안전지대다. 게다가 가로등 빛이 닿지 않아 어둡기까지 하다. 산처럼 쌓아놓은 종이 상자 뒤편에 숨었다. 핸드폰을 단단히 쥐었다. 이병우 팀장이 알려준 아르니스 동작을 머릿속에서 수없이 시뮬레이션했다.

탁, 탁, 탁.

급하게 달려오는 소리가 들렸다. 미행하던 남자는 상자 무더기 바로 옆에 섰다. 가쁜 호흡, 짧은 욕설, 당황한 몸짓. 우리 사이 거리는 2미터도 되지 않았다. 얼굴이 잘 보이지 않았다. 하지만 왜소한 등은 가로등 빛에 그대로 드러났다. 그는 주위를 두리번거리며 사라져 버린 내 흔적을 찾았다. 나는 조용히 그의 뒤로 다가갔다.

남자의 왼팔을 낚아채고 몸을 돌려 반대로 꺾었다. 동시에 머리를 잡아 뒤로 젖혔다. 핸드폰으로 옆구리를 찍었다. 놈은 "큭." 하며 숨넘어가는 소리를 냈다. 건물 사이 비좁은 공간으로 밀어붙였다. 얼굴은 벽 쪽으로, 등은 나를 향하게 했다. 체구가 작아 어렵지 않게 제압했다. 남자는 몸을 비틀어 빠져나오려 했지만 그럴수록 팔을 더욱더 세게 꺾어 옴짝달싹 못 하게 만들었다. 신음이 새어 나왔다. 반대편 건물 창문에서 나오는 불빛에 놈의 얼굴이 훤히 보였다. 영상에서 본 모습 그대로였다. 그는 어떻게든 내 손아귀에서 벗어나려고 안간힘을 썼다. 조심해야 한다. 혹시 흉기라도 지니고 있으면 도리어 내가 당할 수 있다.

그가 소리쳤다.

"놔!"

팔을 더 꺾어 올렸다. 놈은 고통을 못 이기고 비명을 질렀다.

"너 누구야? 왜 날 미행해?"

"……넌, 결코, 달아나지 못해."

"뭐?"

"난, 네놈의 진짜 정체를 알아."

"뭐?"

"난 반드시 찾을 것이다."

"뭘! 뭘 찾아?"

"미선이를 위해서."

난 왼손으로 뒷주머니의 지갑을 재빨리 꺼냈다. 펼쳐 투명 케이스 안에 끼워둔 여자 사진을 놈의 얼굴에 들이밀었다.

"이 여자가 미선이야?"

남자의 표정이 일그러졌다. 눈동자가 감전된 것처럼 격렬하게 흔들렸다. 그는 짐승처럼 울부짖었다. 믿기 어려울 만큼 엄청난 힘이었다. 난 그대로 뒤로 밀려났다. 등이 벽에 세게 부딪힌 후 밖으로 몸이 튕겨 나갔다. 남자는 재빠르게 몸을 돌려 중심을 잃은 나를 향해 돌진했다. 왼쪽 주먹이 내 인중에 꽂혔다. 이어 정확하게 명치를 연타당했다. 송곳으로 찌르는 듯한 통증이 몰려왔다. 비명을 지르기는커녕 정상적인 호흡도 불가능했다. 비록 작은 체구였지만 그 힘과 스피드는 믿기 힘들 정도였다. 코피가 뚝뚝 떨어졌다. 다리에 힘이 빠졌다. 바닥에 주저앉았다. 얼굴을 걷어차였다. 난 그대로 쓰러졌다.

그는 헐떡이는 내 앞에 쪼그리고 앉았다. 자기 옷에 묻은 흙을 툭툭 털어냈다. 헝클어진 머리도 정리했다. 카랑카랑한 목소리로 말했다.

"여태 미선이 사진을 가지고 있으리라고는 생각도 못 했다. 하긴 너 같은 쓰레기는 그럴 만도 하겠지. 그래, 증거 따위를 찾아 모으는 것이 다 무슨 소용이겠어. 넌 어차피 죽을 목숨인데. 내가 직접 여기서 끝내주지."

그가 안주머니에서 접이식 칼을 꺼냈다. 눈앞에서 예리한 금속체가 번뜩였다. 칼날이 내 눈을 향해 다가왔다. 에에엥. 에에엥. 경찰차 사이렌 소리가 났다.

"쌍!"

어느 친절하고 선량한 시민의 신고에 놈은 당황했다. 어느 쪽에서 경찰이 오는지 살폈다. 놈은 달아나려고 했다. 난 그의 발을 붙잡았다. 본능적인 몸의 반응이었다. 어렵게 찾아낸 유일한 기억의 연결 고리를 이렇게 놓칠 수는 없었다. 그것은 육체의 고통을 훨씬 뛰어넘은 것이었다. 그것은 나를 찾기 위한 간절함이고 진실을 향한 절박함이었다.

"놔! 새끼야!"

놈은 내 손과 머리를 마구 찼다. 난 피범벅이 되어갔다. 사이렌 소리는 매우 가깝게 들렸다. 손전등 빛이 우리를 비췄다. 발이 내 손에서 빠져나갔다. 놈은 경찰차를 피해 반대로 달아나려다 미끄러져 넘어졌다. 난 그를 향해 어기적어기적 기어갔다. 바닥에 반짝이는 것이 보였다. 열쇠였다. 몸싸움을 벌이다 남자가 떨어뜨린 것이었다. 열쇠를 집었다.

넘어졌던 놈이 황급히 일어났다. 이내 뛰기 시작했다. 나도 죽을힘을 다해 일어났다. 열쇠를 바지 앞주머니에 쑤셔 넣었다. 그를 쫓아 달렸다. 무슨 힘이 났는지 아픈지도 몰랐다.

"거기 서!"

경찰이 뒤에서 소리쳤다. 놈은 빨랐다. 좁고 가파른 내리막 길을 다람쥐처럼 뛰며 아래쪽 큰길을 향해 질주했다. 남자와 나, 경찰의 쫓고 쫓기는 추격은 계속됐다. 그는 도로를 가로질러 반대편 차선으로 넘어갔다. 휙 뒤를 돌아보았다. 짧은 순간 시선이 마주쳤다. 눈에서 불꽃이 보였다.

"멈춰!"

난 소리쳤다. 8톤 트럭이 남자의 옆구리를 받은 것은 다음이었다. 졸음 운전인지 음주 운전인지 운전사는 속도를 줄이지 않았다. 몸뚱이는 3미터 공중으로 떠서 두 바퀴를 회전했다. 그리고 도로변 가로등에 머리를 들이받고 그대로 추락했다. 바닥에 부딪힌 후 고무공처럼 다시 튀어 올랐다가 떨어졌다.

놈은 발에 밟힌 지렁이처럼 꿈틀댔다. 주변 도로와 보도블록, 화단은 피로 더럽혀졌다. 사지 관절의 뼈는 피부를 뚫고 나와 온몸이 마치 이쑤시개에 꽂힌 소시지처럼 보였다. 깨진 두

개골 사이로 허연 뇌수가 흘러나왔다. 머릿골은 뭉개진 두부처럼 바닥에 깔렸다. 붉은 핏물이 그 위를 쓸며 지나갔다.

난 상체를 구부렸다. 바닥을 향해 숨을 몰아쉬었다. 얻어맞은 한쪽 눈은 퉁퉁 부어 시야가 점점 흐려졌다. 옆구리와 복부의 통증은 심해졌다. 입과 코에서 피가 줄줄 흘렀다.

'김춘석. 37살. 미혼. 직업, 복싱 도장 코치. 거주지…….'

딸깍딸깍. 경찰서 강력반에 울려 퍼지는 키보드 소리는 얼음처럼 차가웠다.

"김춘석과 면식이 있나요?"

"오늘 처음 봤습니다."

담당 경찰은 이어서 피해 금액과 폭행 사실 여부를 확인했다. 나를 쫓던 김춘석이 우리 동네에 있는 한 체육관에 다닌다는 사실을 경찰서에서 알게 됐다. 그는 관내에서 유명 인사였다. 그 전부터 이런저런 문제로 경찰서를 자주 들락거려 형사는 이미 그에 대해 많은 것을 알고 있었다. 소매치기, 폭력 등 전과가 있긴 하지만 그래도 한때는 국가대표 라이트급 복싱 선수였다고 했다. 최근엔 경제적 곤란을 겪었다는 말도 들었다. 컴퓨터로 김춘석 가족 관계를 조사하던 형사가 혼잣말처럼 말했다.

"동생도 있네. 똑 닮았구먼."

'김미선. 28세. 회사원. 현재 실종 상태. 장기 미처리 사

건······.'

모니터에 사진 속 여자 얼굴과 프로필이 얼핏 보였다. 그래도 수확은 있었다. 드디어 사진 속 여자의 정체를 알게 됐다. 하지만 미스터리는 더 복잡해졌다. 왜 난 김미선이라는 실종자 사진을 가지고 있었던 걸까. 애인? 스토커? 채무 관계? 어떤 이유로 조사하는 중? 김미선의 오빠, 김춘석은 왜 내 일거수일투족을 관찰하고 있었을까? 내게서 무엇을 찾으려고?

형사가 물었다.

"피해자들은 보통 그런 상황에서 범인 잡을 생각을 아예 못 하는데, 참 대단하시네요. 어떻게 그런 용기가 났어요?"

사건은 생활고 때문에 벌인 강도 상해 사건으로 처리되었다. 죽은 범인은 범행 대상으로 삼은 나를 오랫동안 관찰했고 강도 행각을 벌였다. 격투 끝에 범인은 달아났고 불의의 교통사고로 사망했다. 그렇게 잠정 결론을 내렸다. 형사는 추가로 조사할 것이 생기면 다시 연락하겠다고 했다. 나만 알고 있는 사정은 입 밖에 내지 않았다. 그것은 김춘석의 죽음과는 아무 관계가 없다. 그는 그저 운이 다해 교통사고로 죽은 것뿐이다. 불행히도.

집에 도착해 김춘석이 떨어뜨린 열쇠를 자세히 살펴봤다. 평범해 보였다. 5007. 손잡이 부분에 숫자가 새겨져 있었다. 화장실 비밀 벽을 열었다. 5, 0, 0, 7. 금고의 전자 버튼을 하나씩 눌렀다. 에러음이 났다.

*　*　*

차수림은 매일 저녁 집에 들러 뒷바라지를 해주었다. 덕분에 몸은 빠른 회복을 보였다. 상처도 많이 아물었다. 그동안 미행당한 사실을 왜 자기에게 말하지 않았냐고 물었다. 목소리에 걱정스러움과 실망감이 섞였다. "수림 씨, 걱정할까 봐." 그렇게만 답했다.

병가 중에 박석준도 만났다. 강도 사건에 대해서 말했더니 심리 검사를 받아보자고 했다. 검사 결과는 뜻밖이었다. 이런 종류의 강력 사건을 한 번도 겪어보지 않은 사람 수준의 정상적인 상태인 것으로 나타났다.

"대단하세요. 보통은 약하게라도 이상 경계 증상, 그러니까 경증의 트라우마라도 보이기 마련인데."

그의 얼굴에 '너 정말 강심장이구나.'라는 표정이 숨어 있었다.

"이런 일은 사실 평생 한 번 일어날까 말까 한 겁니다. 우리가 매일 사건, 사고를 TV나 인터넷에서 접하니까 늘 가까이에서 일어나는 것처럼 여기지만 그건 뇌의 착각일 뿐이죠. 그냥 좋은 곳에 가서 경치를 즐기며 걷다가 재수 없게 똥 밟았다고 생각하세요."

기억 노트를 건넸다. 박석준은 언제나처럼 침을 엄지에 듬뿍 바르고 책장을 넘겼다. 여전히 역겨웠다. 그는 노트 내용을 컴퓨터에 기록했다.

"요즘도 악몽을 꾸나요?"

"네, 혹시 약 부작용 때문은 아닐까요?"

"그렇진 않을 겁니다. 복용하시는 약은 부작용이 없어요."

미더워하지 않는 내 표정을 보더니 설명이 더 길어졌다.

"전혀 없다는 말은 아니고, 약간은 있긴 하지요. 하지만 기본적으로 모든 약은 부작용을 내재하고 있습니다. 정도 차이만 있을 뿐이죠. 부작용이 심한 일부 항정신병 약물과 강규호 씨가 드시는 기억력 회복에 도움을 주는 약과는 완전히 다른 종류예요. 그건 이미 전 세계적으로 안정성 면에서 인정받은 거고요. 아주 사소한 것만 간혹 보고될 뿐입니다."

"사소한 부작용이라면……."

"후각과 미각이 조금 변한다는 정도?"

그래서 콜라를 끊을 수 있었나? 그렇다면 다행이다.

"그리고 마음이 차분해진다는 보고도 드물게 있기는 해요."

차분해진다. 냉정해진다. 화를 내지 않는다. 그런 것들이 악몽과 관계가 있을까. 그럴지도 모르겠다는 생각이 들었다. 현실의 작은 변화의 날갯짓이 의식 저 너머, 마음의 심연 어딘가에서 쓰나미를 일으킬 수도 있을 것이다. 상담이 끝날 즈음 물었다.

"궁금한 게 있습니다."

"예."

"노트 표지의 그림, 이거 누가 그린 건가요?"

그는 곁눈질로 노트 겉표지를 힐끔 보았다. 어깨를 으쓱했다.

"표지에 그림이 있었나요? 사과군요. 추상화? 초현실주의 같기도 하고. 누가 그렸는지 저도 모르겠군요. 왜요?"

약을 처방받았다. 그는 잊지 말고 잘 챙겨 먹으라는 말을 인사말처럼 했다.

병가가 끝난 후 다시 회사로 출근했다. 완전히 회복된 것은 아니었지만 일을 마냥 쉴 수만은 없었다.

***

시간은 잘도 갔다. 일주일에 평균 세 번 현장에 나갔고 외근 없는 날엔 사무실에서 접수된 장비를 수리했다. 다른 부서의 잡일도 가끔 도와줬다.

차수림과의 비밀 연애도 이제는 익숙한 일상이 됐다. 우린 동료들 틈에 섞여 함께 식사하고 산책도 했다. 주말 드라마 이야기나 상사 뒷말에도 자연스럽게 끼어들었다. 아무도 없는 회사 비상계단에서 종종 진한 키스를 했다. 직원 누구도 우리 둘의 특별한 관계를 눈치채진 못했다. 주말엔 늘 함께했다. 직장, 집, 편의점, 대여점을 오가는 규칙적인 삶 속에 '그녀가 가고 싶어 하는 곳'이라는 새로운 장소가 들어왔다.

예쁘고 친절하고 매력적인 차수림 주변에는 수작질을 부리는 직원들이 많았다. 그중엔 눈빛이 음란해 보이는 유부남도 있었다. 커피나 한잔하자거나, 저녁 식사를 청하거나, 심지어 주말에 같이 바람이나 쐬러 가자는 자들을 난 어둠 속에 감춰진 적외선 CCTV처럼 감시했다.

오늘은 최경식 대리와 강북 외곽의 어느 주택으로 AS 출장을 나갔다. 요즘 전원주택의 트렌드는 가호를 묶어 규모 있는 단지로 만드는 것이 보통인데 그 집만 육지에서 멀리 떨어진 외딴 섬처럼 고립되었다. 현관문 칠은 다 벗겨져 시뻘건 녹이 흘렀고 외벽 나무판도 썩어 떨어져 나간 부분이 많았다.

잡초가 무성한 마당을 지나 현관문 앞에 섰다. 초인종을 눌렀다. 주인이 나왔다. 피부 관리 마스크를 뒤집어쓴 채였다. 얼굴이 축구공만큼 커서 마스크 팩이 안면의 절반만 덮었다. 중년 여자는 현관문 위쪽에 설치된 카메라를 가리켰다.

"녹화가 되질 않아요. 안에 있는 실내 카메라도 마찬가지고."

설치된 것은 백 엔드 녹화기로 720p 네트워크 카메라와 연결된 패키지 제품이다. 카메라는 아날로그 방식이지만 화질도 쓸 만하고 100도 이상의 넓은 화각에 야간 가시거리도 25미터나 돼서 단독주택에 자주 설치하는 모델이다. 하지만 녹화기 하드디스크에는 옛날에 저장된 영상만 있을 뿐 최근 것은 하나도 없었다.

최경식 대리는 2층 창고에서 IP 분배기와 관리용 PC를 점검했고 난 카메라를 체크했다. 현관문, 건물 뒤쪽, 도로변, 실내 카메라 각각에 테스터를 연결하고 자동 진단 프로그램을 돌렸지만 문제는 발견되지 않았다. TCP/UDP 패킷 손실도 없고 포트 문제도 아니었다. 네트워크 케이블도 멀쩡했다. 녹화기를 살폈다. 마지막으로 저장된 영상을 플레이해 봤다. 일부는 제대로 보였지만 일부는 CRC 에러가 나며 재생 불가능했다. RW 속도도 매우 늦고 불안정했다. SW 버전을 확인했다. 원격 패치는 제때 이루어졌다. 하지만 HDD가 수상했다. 득득 하는 이상한 소리가 났다. 베드 섹터가 여러 개 발생했고 오류 로그가 생성됐다. 원인은 카메라가 아니라 녹화기의 저장 장치였다.

최경식 대리가 집주인에게 말했다.

"하드웨어 문제 같습니다. 디스크가 말썽이라 영상 저장이 제대로 되질 않네요."

"그래요?"

"도시랑 달리 시골에서는 폭우나 폭설 같은 날씨 영향을 많이 받아서 장비가 좀 빨리 고장 나는 편이에요. 일단 본사로 가지고 가서⋯⋯."

"아니, PC를 실외에 둔 것도 아닌데 그게 무슨 말도 안 되는 이야기예요. 게다가 설치한 지가 얼마나 됐다고."

설치 날짜를 확인했다.

"무상 AS 기간이 2주 전에 끝났네요. 교체하고 세팅하는 데 비용이 좀 들 겁니다. 일단 안을 열어봐야 얼마가 들지 알 수 있을 것 같네요."

"어머, 웃겨. CCTV 설치한다고 돈을 얼마나 썼는데 AS 기간 조금 지났다고 또 내래? 이봐요, 처음부터 불량품을 가져온 것 아니에요. 벌써 고장이 났다면 그건 그쪽 책임이지."

그녀는 반말과 존댓말을 섞으며 언성을 높였다. 최경식 대리가 규정을 설명했지만 막무가내였다.

"내가 누군 줄 알고 이런 식으로 바가지를 씌워? 당신 이름 뭐야? 부서가 어디야?"

본사에 직접 전화해 항의하던 그녀는 제 분을 못 이기며 씩씩댔다. 보톡스로 부자연스럽게 부풀어 오른 양 볼이 불에 덴 듯 시뻘겋게 변했다.

여자는 방으로 들어가서 1번 아이언 골프채를 들고 나왔다. 그리고 관리용 PC를 향해 그것을 세게 휘둘렀다. 컴퓨터는 불꽃을 일으키며 옆으로 넘어졌다. 이번엔 CCTV 카메라를 두들겨 팼다. 렌즈가 깨지고 옆구리가 푹푹 파였다. 당황한 최경식 대리가 그녀를 붙잡았다.

"죄, 죄송합니다, 고객님. 제가, 제가, 어떻게든 비용 들지 않게, 처, 처리할 테니까……."

여자는 최경식 대리를 향해 골프채를 높이 쳐들었다. 최경식 대리는 머리를 감싸 쥐고 바닥으로 몸을 웅크렸다. 그의 모습은 무지막지한 짐승 앞에 무릎 꿇는 한 마리 연약한 사슴처럼 보였다.

깊은 주름, 땀이 육수처럼 흐르는 피부, 헝클어진 파마머리, 혈관이 터질 듯 부풀어 오른 짧고 굵은 목. 그리고 충혈된 두 눈. 그녀의 각막은 CCTV 렌즈다. 시신경은 메모리에 연결된 내부 케이블이다. 신경망은 데이터 회선이다. 뇌는 기억하고, 저장하고, 해석하는 맨 뒤 단의 장치다. 여자의 하드웨어는 고장 난 것이 틀림없었다. 고장 난 것은 수리가 필요하다. 아니면 영원히 폐기해야 한다. 불량품으로 출시된 하드웨어에게 AS 기간이란 애초부터 없는 법이다. 이상하다. 난 왜 이런 상황에도 화가 나지 않을까. 복용하는 약의 부작용 때문일까.

* * *

김형석 사장은 화가 머리끝까지 났다. 공들여 다듬은 구레나룻 털이 빳빳하게 곤추선 것만 같았다. 꼭 끼는 와이셔츠가 답답한 듯 상의 단추를 거칠게 풀었다. 손수건으로 이마의 땀을 찍어냈다. 매사 과할 정도로 긍정적이던 그에게서 좀처럼 보기 힘든 모습이다. 사장은 30분째 짜증을 냈다. 부서원들은 고개를 푹 숙인 채 업무 노트에 그의 잔소리를 열심히 적기만 했다.

나는 노트 한 귀퉁이에 코카콜라 병을 그리고 있었다. 가늘고 미끈한 곡선, 반짝이는 유리 몸통, 그 안에 반쯤 채워진 검은 액체, 보글보글 끓어오르는 탄산. 얼음처럼 차가운 느낌이 나도록 그리고 싶었다. 병을 따라 흘러내리는 물방울을 더 많이 그려 넣었다. 그림 속 콜라병을 꺼내 단숨에 들이켜고 싶다는 생각에 사로잡혔다.

사장이 책상을 탕탕 치며 열을 올렸다.

"그러니까 왜 계속 분당, 성남 지역만 이렇게 실적이 저조한 거야? 입이 있으면 누가 말 좀 해봐."

레드 오션인 서울보다 경기도와 충청권에서 더 많은 매출을 내는 우리 회사 수익 구조상 남부권의 지지부진함은 큰 문제였다. CCTV 부서장은 아무 말도 하지 못했다. 고객지원팀장, 연구개발팀장, 총무팀장에게 질타가 집중되었다. 정작 영업총괄 책임자인 이병우 팀장은 회의에 참석하지도 않았다. 엉뚱한 다른 부서 간부들을 향해 쏟아지는 사장의 질타를 직원들 모두 의아하게 생각했다.

최경식 대리가 슬그머니 손을 들었다.

"저, 사장님."

"왜?"

"매출이 떨어지는 원인이…… 그게 말이죠. 어떤 다른 이유로 그런 게 아닌가 싶습니다."

"뭔데?"

"요즘 들어 이상하게 블랙 컨슈머들이 많아진 것 같아요. 얼마 전에 전원주택으로 AS를 나갔는데 그 집주인, 웬 미친 여자가 우리 장비를 다 때려 부수며 진상 떨지를 않나. 일전에는 깡패 놈들이 차에 끼어들어 시비를 걸기도 하고. 그런 인간들이 우리 인터넷 판매 사이트에 악성 댓글을 달고 소비자원 같은 곳에 민원을 올리기도 하잖아요. 그래서……."

"그래서 뭐? 푸닥거리라도 하자고? 어? 일하면서 진상 고객 한두 번 만나?"

"……."

"어디서 말 같지도 않은 핑계를 대?"

사장의 화를 더욱 돋우기만 한 최경식 대리는 목을 움츠리고는 애꿎은 매출 보고서만 이리저리 넘겼다. 사장은 빔 프로젝터에 연결된 노트북의 폴더를 열어 전 분기 지역별 분석 차트를 찾았다. 그러나 한참을 뒤져도 원하는 자료를 찾지 못했다.

"분석 자료 어디 갔어? 어이, 이것 좀 찾아봐. 그리고 거기, 차 비서 좀 불러와. 협력사 미팅이 오늘 몇 시라고 했는데?"

"차수림 씨 오늘 오후 반차입니다, 사장님."

문 앞에 있던 직원이 조심스럽게 말했다.

"뭐?"

"친구랑 약속이 있다면서……."

"아니, 사장은 바빠 죽겠는데 비서는 휴가 내고 놀러 다녀?"

　그녀는 어디로 갔을까? 누구랑 있을까? 난 한 시간 동안 공을 들여 그린 콜라병의 상표 딱지 부분에 커다란 물음표를 그려 넣었다.

제3장

둘러싼 모든 것들

차수림과 세 번째 잠자리까지는 횟수를 셌다. 하지만 그다음부터는 무의미해졌다. 우린 서로의 집을 오가며 밥을 먹고, TV를 보고, 음악을 듣고, 섹스를 했다. 이제는 상대방 집 비밀번호는 물론, 가구의 위치, 커튼의 색깔, 침대와 베개 상표, 신발, 옷장의 옷들, 싱크대의 식기, 심지어 화장대 위의 손톱만 한 화장품명이 뭔지까지 세세히 기억할 정도가 되었다.

주말에 차수림과 놀이공원을 갔다. 롤러코스터, 자이로드롭, 바이킹을 연달아 타고 나자 그녀는 피곤해했다. 카페 앞 파라솔에 앉아 잠시 쉬었다. 사 온 아이스커피를 건넸다. 난 우유를 마셨다. 차수림은 가방에서 선글라스를 꺼내 썼다. 작은 얼굴이 더욱 작아 보였다.

"규호 씨는 어지럽지 않아? 난 토할 것 같은데."

"잘 모르겠어."

"나랑은 다르네. 우린 거의 같은 줄 알았는데."

"콜라를 끊어서 튼튼해졌나 보지."

폐장하기 한 시간 전쯤 밖으로 나왔다. 저녁은 그녀 집에서 먹기로 했다. 데이트가 있는 날은 보통 외식을 하고 잠자리를 갖거나 먼저 섹스부터 끝내고 밖으로 나가 식사했지만 오늘은 그냥 집에서 다 해결하자고 했다.

차수림은 TV에서 배운 요리를 선보이겠다며 집에 도착하자 마자 부산을 떨었다. 메뉴는 와인을 곁들인 말고기 스테이크와 으깬 감자였다. 그녀가 뻘건 핏물이 뚝뚝 떨어지는 커다란 고깃덩어리를 냉장고에서 꺼냈다. 말고기는 한 번도 본 적이 없어서 자세히 살펴봤다. 넓적한 뼛조각을 따라 살코기가 길게 붙어 있었다. 뒷다리 어디쯤 될 것 같다. 손가락으로 살짝 눌러봤다. 눌린 부위가 금세 탱탱하게 솟아올랐다. 아침부터 와인과 후추, 올리브 잎을 넣어 숙성시켜 놓은 것이라고 했다.

차수림은 먹기 좋은 모양과 크기로 고기를 한 덩어리씩 썰었다. 나는 뒤에서 차수림을 안았다. 두 손으로 가슴을 주물럭거렸다. 몸을 그녀 엉덩이에 바짝 밀어붙였다. 탄탄한 두 개의 살덩이와 그 사이의 골이 느껴졌다. 아랫도리가 부풀어 올랐다. 차수림은 말고기 썰던 칼을 내 바지 앞섶에 가져다 댔다. 그리고 싱긋 웃으며 말했다.

"같이 잘라줄까?"

난 그녀의 입술에 키스했다.

식탁을 새 테이블보로 덮었다. 보헤미안풍의 접시에 잘 구워진 스테이크를 올려놓았다. 삶은 채소와 으깬 감자를 같이 놓았다. 오븐에서 구운 빵을 꺼내 나무 그릇에 담았다. 은촛대에 불을 붙였다. 산지오베제 와인을 더하니 고급 레스토랑 분위기가 났다.

스테이크는 훌륭했다. 바싹 구워진 겉면과 안에 적당히 흐르는 육즙이 앙상블을 이뤘다. 씹으면 씹을수록 고소하고 감칠맛이 났다. 여러 가지 재료에 발사믹 오일을 섞어 만들었다는 차수림표 특제 소스도 꽤 잘 어울렸다. 그녀가 말했다.

"난 이런 요리가 좋아. 썰고 자르고 찢고 씹는……. 그래야 뭔가를 먹는다는 느낌이 들거든. 순가락으로 떠먹거나 젓가락으로 집어 먹는 음식은 이미 사람 손이 여러 번 갔다는 말이잖아. 먹기 좋게 다지고, 풍미를 높이기 위해 인위적인 가공을 하고, 그것은 재료의 본질을 해치는 거야. 살아 있을 때 이 동물이 이렇게 도축돼 우리 식탁에 올라올 거라는 것을 알았다면 무슨 생각을 했을까?"

"나는 모르지. 말이 아니니까."

차수림은 내 대답은 들은 체도 않고 자기 말만 이어갔다.

"더 맛있는 고기가 되어야지. 그런 생각을 했을까? 아니지, 그렇게 할 이유가 없잖아. 걔들은 사람들의 먹이가 되기 위해 태어난 것이 아닌데 말이야. 그래, 운동은 하지 말고 먹기만 해 지방을 두껍게 만들어 식감을 떨어뜨리는 편이 좋겠군. 글쎄, 그보다는 차라리 쫄쫄 굶어 가죽과 뼈만 남기는 편이 좋을지도 몰라. 아마도 이런 생각을 하겠지. 난 살코기를 씹을 때마다 그런 상상을 해. 그러면 음식과 내가 하나가 되는 것 같은 느낌이 들거든."

"무슨 음식 평이 그래. 미친년처럼."

차수림은 자지러지게 웃었다. 정말 미친 것 같았다.

섹스를 끝내고 이불 속에 한참 누워 있었다. 차수림은 내 품속으로 파고들었다. 하나, 둘, 셋……. 난 벽에 걸린 그림을 세어보았다. 처음 본 그림 몇 점이 있었다. 누군가의 초상화였다. 그녀는 얼마 전에 새로 그린 것이라고 했다.

"평일엔 일하고 주말엔 봉사하러 다니고. 남는 시간엔 이렇게 나와 데이트를 하면서 언제 그리는 거야?"

"휴가 때."

"그림 그리려고 휴가를 낸 거야? 저번 회의 때 사장 열받았을 때도?"

그녀는 고개를 끄덕였다. 그러고는 내 머리카락을 만지작거리며 말했다.

"처음 카페에서 이야기했던 날 기억나?"

나는 고개를 끄덕였다.

"내가 물었지. 지우고 싶은 기억이 있냐고. 그때 규호 씨는 이미 기억이 사라졌다고 했고."

"내 말을 듣긴 했구나."

"그때 그게 무슨 뜻이었어?"

난 피식 웃었다.

"무슨 안 좋은 추억 때문에 그런 대답을 한 거야? 잊고 싶은 것이 있어서?"

"아니, 난 정말로 송두리째 기억이 사라졌어. 2년간의 기억이…… 수림 씨가 입사하기 전에 큰 사고가 있었어."

머리카락을 젖혀 뒤통수에 길게 난 흉터 자국을 보여주었다. 그날의 사고에 관해 이야기했다.

"경찰이 날 발견한 건 강 하류의 갈대밭이었어. 물에 푹 젖은 채 거의 죽어가는 상태였다더군. 머리 상처도 그때 생긴 거야. 여기저기 뼈도 부러지고. 다리에서 떨어진 것 같대. 물에 빠지자마자 본능적으로 살려고 헤엄을 쳤거나 아니면 기절한 채 강물에 실려 오다가 운이 좋아 뭍까지 밀려왔겠지. 눈을 떠보니 병원이었어. 뛰어내린 건지, 누군가에게 떠밀린 것인지, 헛디뎌 그렇게 된 건지, 그것조차 모르겠어. 기억이 나질 않아. 마지막 기억이라곤 다리 위를 걷다가 그대로 정신을 잃었다는 것뿐이야. 이유도 원인도 모르겠어. 목격자도 없고 CCTV 영상도 없었어. 그 이후 난 기억상실에 걸렸어. 희한하게도 그 사건 직전 2년간의 기억만 사라졌어."

"치료는 하고 있어?"

"음, 2주에 한 번씩 병원에서 소개해 준 클리닉에 가. 의사 말로는 시간이 지나면 저절로 회복될 거라 했지만 내게는 해당하지 않는 것 같아. 약도 잘 먹고 문득문득 떠오르는 생각을 노트에 적는 무슨 치료법까지 병행하지만, 아직도 별 효과가 없어."

"노트에는 뭘 적는데?"

"이것저것. 아무거나 생각나는 것. 기억력 회복에 도움이 된대. 기억상실 치료 방법의 하나래."

차수림은 흥미진진한 표정으로 계속 물었다.

"기억이 나지 않는다는 게 어떤 기분이야?"

"속이 텅 빈 껍질이 된 것 같은 느낌. 영혼 없는 껍데기 같다는 생각이 들어. 사라진 2년 동안 내 인생에서 아주 중요한 일이 벌어졌던 것 같아. ……난 진짜 내가 누구인지 알고 싶어."

차수림은 말없이 내 가슴을 쓰다듬었다.

"불행 중 다행으로 기억을 되살릴 단서는 가지고 있어. 늘 지갑 속에 넣고 다니던 사진, 수림 씨가 누구냐고 물었던 그 사진 말이야. 사진 속 여자가 잃어버린 날 찾기 위한 첫 번째 열쇠임은 틀림없어. 하지만 그녀를 아는 유일한 사람은 이미 죽어버렸어."

난 죽은 김춘석과 사진 속 여자인 김춘석의 여동생 김미선에 관한 이야기를 처음으로 꺼냈다. 차수림은 꽤 놀란 것 같았다.

"……그러다 몸싸움을 벌인 장소에서 김춘석이 떨어뜨린 열쇠를 주웠어. 아파트? 사무실? 어느 캐비닛? 어디에 쓰이는 것인지는 모르겠어. 알고 있는 건 열쇠 손잡이에 새겨진 숫자뿐이야. 혹시나 해서 그 번호로 집 금고의 비밀번호를 입력했지만 소용없었어."

"금고? 무슨 금고?"

"방에 있는 게 아니야."

화장실 비밀 타일 벽에 숨겨진 금고에 대해 말했다. 차수림 눈이 커졌다.

지난달부터 판매를 시작한 신형 감시 카메라 매뉴얼을 집에 두고 출근했다는 것을 점심이 돼서야 깨달았다. 전날 읽어보려고 가지고 갔다가 깜빡 잊고 두고 왔다. 회사에 예비 매뉴얼이 비치되어 있는지 찾아봤지만 한 권도 없었다. 다시 집에 갔다 와야 하나 어쩌나 고민을 하다가 차수림을 떠올렸다. 오늘은 사정이 있어 오후에 출근한다고 했다. 집에서 점심도 먹고 나올 거라고 말했다. 전화를 걸어 출근길에 우리 집 책상에 놔

둔 매뉴얼을 가져와 달라고 부탁했다. 차수림은 3시가 넘어 회사에 도착했다.

"가져왔어?"

그녀는 대답 대신 내 손을 잡고 비상계단으로 달려갔다. 사람도 없고 카메라도 없는 그곳에서 다짜고짜 키스를 퍼부었다.

"사랑해."

차수림은 거친 숨을 몰아쉬며 내게 속삭였다.

* * *

일찍 퇴근하는 날, 나는 종각역에서부터 위치를 물어물어 목적지에 찾아갔다. 구불구불한 미로 같은 골목을 한참 들어갔다. 흥신소는 허름한 5층 건물에 있었다.

'이런 곳을 잘 알고 있는 사람은 부부 사이가 좋지 않거나, 채무, 채권 관계가 거미줄처럼 얽혀 있거나, 매사 남을 잘 믿지 못하는 그런 부류일 거야.'

차수림은 그렇게 빈정거렸다. 하지만 사람 찾아내는 데는 전국에서 최고라고 말한 것도 정작 그녀였다. 사장이 종종 이용하는 곳이라 알게 되었다며 주소와 전화번호를 문자로 보내줬다. 차수림은 며칠 전부터 간부들과 함께 일본 전자 박람회에 참석 중이라 직접 만나진 못했다.

출입문 앞에 섰다. 같은 층 다른 사무실들은 하나같이 키패드가 달린 잠금장치가 붙어 있는 데 비해 여기는 열쇠를 꽂고 돌리는 옛날 방식이었다. 어쩐지 신뢰가 가지 않았다. 노크하고 문을 열었다. 퀴퀴한 냄새가 물씬 났다.

귀퉁이가 전부 벗겨진 낡은 나무 탁자. 햇빛에 탈색된 가죽 소파. 수사 기법 분석, 법전, 전화번호부, 경찰 업무 지침서 같은 책들이 가득한 책장. 장식장의 싸구려 트로피 몇 개와 감사패, 카메라, 캠코더, 마이크가 달린 도청 장치 같은 장비들.

사장은 날 보자마자 피우던 담배를 양철 재떨이에 비벼 껐다. 그리고 벌떡 일어나 반갑게 맞았다.

"이 여자를 찾고 싶습니다."

김미선 사진을 내밀었다. 흥신소 남자는 털럭거리는 자기 턱살을 장난감처럼 만지작거렸다. 난감한 표정을 지었다.

"사진, 이름, 나이, 이것밖에는 없나요? 단서가 더 있으면 좋겠는데, 예를 들면 김미선 씨가 예전에 살던 곳이라든가, 사용했던 전화번호라든가."

"김춘석이라는 친오빠가 있습니다. 하지만 얼마 전에 교통사고로 죽었어요."

죽은 김춘석 사진을 건넸다. 그는 김춘석과 김미선의 사진을 나란히 놓고 바라봤다.

"참 많이 닮았군요. 누가 봐도 남매네요."

주머니에서 열쇠를 꺼냈다.

"이건 뭡니까?"

"김춘석이 남긴 열쇠입니다."

"그런데요?"

"어디에 쓰는 열쇠인지 모르겠어요. 열쇠의 용도, 그런 것도 알아낼 수 있나요?"

'여긴 사람을 찾는 흥신소지 열쇠에 맞는 집 대문을 찾아주는 곳은 아니지, 이 사람아.' 표정에 그렇게 쓰여 있었다. 흥신소 남자는 열쇠를 손에 쥐고 살폈다. 문득 알 수 없는 미소가 번졌다. 열쇠를 똑바로 세우고 옆면에 새겨진 영문 글자와 일련번호를 적었다. 만지작거리다 라이터 불빛에 비춰 보기도 했다. 손잡이 부분에 새겨진 5007이라는 번호도 확인했다. 그러길 한참 만에 입을 열었다.

"재미있네요."

"……"

"보통 이런 종류의 키를 핀-텀블러 방식 열쇠라고 해요. 자물쇠의 실린더 플러그를 회전시켜 여는 방식이죠. 키를 열쇠 구멍에 밀어 넣고 한 방향으로 돌리면 요철에 따라 드라이버 핀, 스프링, 바닥 핀이 맞물려 동작하면서 실린더 플러그가 함께 돌아가게 되고, 그러면 철커덕, 하면서 잠금이 풀리게 되는 원리입니다."

나는 말없이 고개만 끄덕였다.

"그런데 이 열쇠, 좀 이상하군요. 여기 요철을 자세히 살펴보면 양면 모두 스크래치가 심하게 나 있어요. 보통의 핀-텀블러 열쇠는 한쪽으로만 돌아가니까 한 면만 닳게 되는데 말이죠. 게다가 여기 보세요. 손잡이 부분이 조금 우그러졌죠? 이 말은 펜치 같은 거로 꽉 잡고 있다가 거칠게 비틀었다는 말이겠지요."

"왜요?"

"열리지 않으니까요."

"열쇠 주인이 열리는 문을 모른다?"

"그게 아니라 열쇠의 사용법을 모른다는 말입니다."

"네?"

"이 열쇠는 팬텀 키입니다."

"팬텀 키?"

"이놈은 평범한 열쇠처럼 보이지만 그렇지 않습니다. 손잡이 부분을 손가락으로 몇 초간 쥐고 있으면, 열쇠가 활성화가 되고, 구멍에 삽입 후 정해진 시간 내, 정해진 방향과 정해진 횟수만큼 돌려야 자물쇠가 풀리는 방식이죠. 만일 문 여는 것을 반복해서 실패하면 자물쇠는 설정에 따라 자동으로 경보를 울리거나 집주인 핸드폰으로 통보를 해요. 내구성, 안정성도 아주 뛰어나고요. 열쇠는 미국 고스트 로커사 제품으로 전자 회로와 생체 인식 기술을 결합해 만든 첨단 장치입니다."

"그걸 어떻게 금방 알 수 있죠? 키에 맞는 자물쇠가 여기 있는 것도 아닌데."

"방금 고객님이 들어오신 사무실 문의 자물쇠가 같은 회사 제품입니다. 집 대문, 가게 출입문 등에 쓰죠. 이 제품은 동네 열쇠 가게에선 찾을 수도 없을 겁니다. 물어봤자 뭔지도 모를 거고요."

"……."

"그리고 국내에 정식으로 수입되지도 않아요. 일단 수요가 없거든요. 싸고 편한 전자 패드식 로커도 많은데 구태여 이런 것을 쓸 이유가 있겠습니까? 미국에서는 평범한 집이나 사무실로 위장하기 위해 고스트 로커사 제품을 사용합니다. 미국 도둑놈들은 허름해 보이는 자물쇠가 달린 곳은 들어갈 가치가 없다고 생각하나 봐요. 그래서 CIA나 FBI의 위장 사무실에서 여기 제품을 쓴다는 소문도 있죠. 들은 바로는 작년인가부터 미국에서 수출 금지 품목으로 정해 이젠 구하기도 힘들 겁니다."

'흥신소 놈들은 하나같이 멍청한 싸구려 탐정뿐이야!' 명탐정 요코 사카모토가 중얼거리던 추리 소설의 한 대목이 생각났다. 아무래도 그 탐정의 생각은 틀린 것 같다. 생각보다 흥신소 남자는 날카로웠다. 그는 김춘석 사진을 만지작거리더니 이렇게 물었다.

"이분하고는 각별한 사이였나 보네요. 이렇게 중요해 보이는 열쇠를 맡길 정도면. 사진과 이름, 열쇠뿐이라. 이번엔 꽤 힘들겠군요. ……이 아름다운 여성분은 애인이었나요?"

"그냥 좀 아는 사람입니다."

"그래요? 그냥 좀 아는 사람을 찾기 위해 보통 여기까지 오시진 않았을 텐데. 아, 죄송합니다. 원래 의뢰인에게 이유는 묻지 않는 법인데. 그냥 개인적으로 궁금해서요."

"찾는 게 가능하겠습니까?"

"가능하게 만드는 것이 제가 하는 일입니다."

그는 열쇠가 중요한 단서가 될 것이라 확신했다. 이런 것을 쓰는 곳은 많지도 않을뿐더러 생전 김춘석의 동선만 알아내면 열쇠 사용처를 찾아낼 수 있을 것이라 했다. 또 고스트 로커사 제품을 밀수해 파는 다소 불법적인 업자와도 친분이 있으니 확인하면 뭔가 알아낼 수 있을 것이라 했다.

김미선의 행방, 열쇠가 쓰이는 곳, 두 가지 의뢰에 대해 계약서를 작성했다. 책상 서랍을 열어 두툼한 카탈로그를 꺼냈다. 그는 착수금, 일일 요금, 시간 외 수당, 장비 대여료 등이 일목요연하게 적힌 차트를 보여주었다.

"그럼 구체적인 비용에 대해 말씀드릴까요?"

***

난 구체다. 골프공만 한 크기로 표면이 반들거리고 희다. 높이는 잘해야 20센티미터 정도. 폭도 50센티미터를 넘기 어려워 보인다. 움직일 수 있는 공간은 겨우 이것뿐이다. 왜 난 여기 있는 걸까. 어떻게 이런 작은 공간 안에 들어왔을까. 뒤쪽으로 주렁주렁 빨간 털실 같은 줄이 잔뜩 달라붙어 있다. 힘을 주어 줄을 당겼다. 데굴데굴. 데굴데굴. 구체가 왼쪽으로 굴렀다. 한참 가다 쿵 하고 벽에 부딪혔다. 아픔은 느끼지 못했지만, 벽의 질감은 그대로 전해졌다. 매끈한 차가움이다. 이번엔 오른쪽으로 실을 당겼다. 방향이 바뀌었다. 빙글빙글 몇 바퀴 돌더니 우측 벽을 들이받았다.

정면을 바라보았다. 꽉 막힌 문 틈새로 빛이 보였다. 저 문을 열 수만 있다면 이 답답한 곳에서 빠져나갈 수 있으련만. 빛을 향해 꾸물거리며 기어갔다.

'문 좀 열어주세요.'

말하고 싶었지만 입이 없어 불가능했다. 별수 없이 구체를 굴려 문을 들이받았다.

쿵. 쿵쿵. 쿵쿵쿵.

둔탁한 울림이 메아리쳤다.

띠리리.

전자음이 들렸다. 정면의 철문이 천천히 열리기 시작했다. 빛이 안으로 너울너울 들어왔다. 빛을 따라 뿌연 먼지가 일었다. 분진은 빛의 파동에 따라 춤을 췄다. 어둡기만 했던 주변이 밝아졌다. 위에 무언가 매달려 있다. 나와 똑같이 생겼다. 그것들을 세어보았다. 하나. 둘. 셋. 넷……

박쥐처럼 대롱대롱 매달린 구체는 흰색이었다. 한가운데 검은 점이 시나브로 나타났다. 흑점 가운데가 쩍 갈라졌다. 갈라진 구멍은 입으로 변했다. 이빨이 삐뚤삐뚤 난 뻥 뚫린 주둥이 하나가 소리쳤다.

"문제야. 문제야. 약이 문제야."

매달려 있던 것들은 어느새 시뻘건 눈알로 변했다. 나머지 눈알들이 따라 소리 질렀다.

"문제야. 문제야. 약이 문제야."

다 같이 합창했다.

"버려. 버려. 버려."

놈들은 몸뚱이를 좌우로 흔들며 노래를 불렀다. 입에서 액체가 후드득후드득 튀어나와 사방으로 흩어졌다. 천장과 바닥, 벽은 온통 핏빛으로 변했다.

시계를 보지도 않았다. 보나 마나 같은 시각일 것이다. 새벽 5시는 악몽이 끝나는 때다. 악몽도 익숙해지면 일상이 된다. 기괴한 꿈 내용 때문에 쓴웃음만 났다. 침대 옆에 준비해 둔 마른 수건을 집었다. 얼굴과 목 뒤의 땀을 닦아냈다. 냉장고를 열었다. 콜라 뚜껑을 따 냄새만 실컷 들이마시고 내용물은 변기에 버렸다. 여전히 콜라는 마시고 싶었지만 예전만큼 강렬하진 않았다.

갈증이 났다. 콜라를 대신할 만한 것을 찾았다. 찬장을 열어 봤다. 간장이 보였다. 색이 콜라 같다. 간장에 우유를 넣으면 무슨 맛이 날까? 문득 궁금해졌다. 간장을 컵에 따랐다. 우유를 붓고 설탕을 탔다. 휘휘 저어 마셨다. 이상하다. 다시 한 모금 마셨다. 생각보단 나쁘지 않았다. 김빠진 콜라 맛이 나는 것 같기도 하다. 박석준은 처방 약이 어떤 사람에겐 후각과 미각에 문제를 일으킬 수도 있다고 했다. 내 혓바닥이 미친 걸까. 아니면 측두엽 안쪽 후각 피질과 미각 피질이 미친 걸까.

서랍을 열었다. 수북이 쌓인 약을 모두 꺼내 쓰레기통에 처넣어 버렸다. 아깝다는 생각은 들지 않았다. 어차피 기억력 회복에 도움이 되지 않는 약이다. 신경안정제가 조금 섞여 있겠지만 별문제는 되지 않을 것이다. 애초에 신경 안정 따위는 내게 필요 없었으니까.

미술관 작업실

월요일 퇴근길이었다. 버스 정류장에서부터 느낌이 좋지 않았다. 계속 누군가가 따라오는 것만 같다. 김춘석과 격투를 벌였던 골목 근방에서 뒤를 돌아봤다. 아무도 없다. 다시 걸었다. 이번엔 사거리 왼쪽 골목에서 인기척이 느껴졌다. 살펴보았지만 역시 아무것도 없었다. 주변엔 개미 새끼 한 마리 보이지 않았다. 하지만 난 누군가가 나를 감시하는 느낌을 떨쳐낼 수 없었다.

대여점에 들렀다. 주인아줌마는 웬일로 TV를 끄고 독서 중이었다. 눈이 붉게 충혈되었다. 들고 있는 책은 최근 베스트셀러에 오른 미국 작가의 연애소설이었다. 저 나이에 그런 책에 푹 빠져 있다는 것은 남편과 문제가 있다는 말과 같다. 아줌마는 눈물을 찍어 훔쳤다.

"그 책 재미있어요?"

그녀의 반응은 즉각적이고 열정적이었다.

"이 작가는 정말 천재인가 봐. 어쩜 여자의 심리를 이토록 잘 알고 있을까? 주인공 남자가 여자 눈을 바라보며 말하는 장면은 징말 최고야. '당신의 눈은 늘 젖어 있어요. 비 오는 날 섲은 강아지처럼 결코 마르는 법이 없죠. 오늘부터 당신의 눈물은 태양 아래에서 영원히 사라질 거예요.' 이 대사 정말 멋지지 않아? 주인공 이름이 앤더슨이거든."

그게 왜 멋진 대사인지 이해되지 않았다. 태양 아래에서(Under the Sun)가 앤더슨(Anderson)으로 바뀐, 유치한 텅 트위스터(Tongue twister), 말장난일 뿐이다. 젊고 매력적인 금발 주인공에게 푹 빠져 있는 아줌마는 묻지도 않은 줄거리를 이야기해 주었다. 불치병에 걸린 여자가 어떻게든 남자를 떠나보내려 하는 장면에선 또 눈물을 글썽였다.

주문한 책이 어디 있는지 물었다. 주인아줌마는 그런 재미도 없는 책은 고만 좀 빌려 보라며 잔소리했다. 자리만 차지할 뿐 대여 회전율이 높지 않다고 했다. 만일 주문한 책을 한 달 동안 아무도 빌리지 않는다면 내가 사겠다고 약속했다.

책명과 권수를 확인했다. 《살인자의 노트》, 《틈새에 끼어 죽을 준비를 하다》. 순문학을 가장한 스릴러 소설이다. 《네 안의 호문쿨루스》. 요즘 잘나가는 대중 심리학 서적이다. 그리고《약물 부작용에 대한 당신이 모르는 이야기들》이라는 책과《검은 정신은 살아 있다》라는 묵자 철학서를 빌렸다.

"일본도 장인에 관한 미스터리 소설이 새로 들어왔는데 그것도 빌려 볼래?"

그러겠다고 했다. 대화가 오가는 동안 아줌마는 내 눈을 한 번도 쳐다보지 않았다. 하지만 내가 베스트셀러 코너에 서 있을 때는 두 번 힐끗거렸고, 신간 소개 벽보를 보고 있을 땐 세 번 이상 훔쳐봤다.

대여점에서 나와 편의점에 들렀다. 계산대에는 아무도 없었다. 냉장고에서 우유를 집었다. 새로 나온 도시락이 있는지 살펴봤다. 신제품을 집어 영양 성분이 적힌 작은 글자를 꼼꼼히 읽었다. 아르바이트 학생과 주인아저씨가 안으로 들어왔다. 트럭에서 내린 커다란 상자를 들고 있었다. 주인은 두꺼운 돋보기안경 너머 움푹 들어간 눈으로 날 쳐다보았다. 고개를 가볍게 숙이고 인사했다.

"콜라는 두 번째 냉장고로 옮겼어. 서 있는 매대, 위에서 두 번째 칸이 신제품 도시락이고. 손에 든 건 카레볶음밥 세트, 4,500원."

그가 미리 준비한 대사처럼 내게 말했다. 물건을 고르고, 담고, 계산하는 동안 아르바이트생은 세 번, 주인아저씨는 두 번

나를 쳐다보았다.

집으로 가는 동안 눈이 마주친 사람은 셋. 산책 나온 개까지 포함하면 넷. 감시 카메라 렌즈는 다섯 번, 아니 여섯 번. 호프 집과 당구장이 있는 건물 3층 벽에 J-Max사의 PTZ 카메라가 보였다. 저건 이전에 없었던 것인데 언제 설치했을까.

'눈은 시각 정보를 수집하기 위해 자신을 감싼 여러 구조물을 절묘하게 움직인다. 시선이 정확히 물체에 맞도록 바깥 눈 근육을 작동시켜 안구가 움직이게 한다. 적당량의 빛을 받아들일 수 있도록 동공의 수축과 확대가 이루어진다. 모양체와 수정체의 상호작용으로 상이 망막에 맺히도록 초점을 맞춘다. 망막에 도달한 시각 정보는 시각 세포에서 전기 자극으로 바뀌고 신경절 세포, 신경 섬유층을 거쳐 시신경 유두를 통해 전달된다. 거기서 빛 에너지는 망막 시각 세포의 시각 색소에 흡수되고 망막 내층에서 전기적 에너지가 증폭되어 뇌로 전달이 된다. 이러한 놀라운 동작 과정을 알아내는데 100년이 넘게 걸렸고 그것을 모방하는 데는 50년이 걸렸다.'

'현대의 첨단 CCTV도 생명체의 이런 시각 습득 메커니즘을 흉내 낸 것에 불과하다. 보통 사람들은 보는 것 너머의 세계, 사물을 생성하고 전송하고 분석하는 뒤쪽의 사정을 잘 알지 못한다. 그래서 그들은 인공의 눈알을 자신의 눈보다 더 믿는 경향이 있다. 벽이나 천장에 매달린 반들거리는 까만 렌즈에 대해 무한한 신뢰와 끝없는 공포를 동시에 느끼면서 말이다.'

어느 일본 수필 작가가 쓴 카메라에 관한 에세이를 떠올렸다. 세상에 흩어진 눈들, 별처럼 무수한 눈들, 365일 24시간 쉬지 않고 무언가를 바라보는 눈들. 사람들은 타인의 눈을 두려워한다. 하지만 정작 두려워해야 할 것은 아무도 걱정하지 않는다. 인공의 렌즈든 생명체의 각막이든 그건 그저 껍데기일 뿐이다. 진짜 중요한 것은 그 너머 심연 아래에 있다.

* * *

구름 한 점 없이 맑은 주말, 차수림과 난 미술관에 갔다. 경기도 양평에 있는 개인 미술관이다. 시내라고는 하지만 도심과 꽤 떨어진 산속에 있었다. 게다가 폐교를 개조해 만든 곳이어서 알고 오기 전에는 찾기도 힘들 정도였다.

미술관 관장과 차수림은 잘 아는 사이였다. 대학 선배인 관장은 추상표현주의 분야에서 유명한 사람이었다. 관장은 국제 미술 대회에서 다수의 수상 경력을 가지고 있고 유럽 아트 레지던스 프로그램에 디렉터로 참여한 적도 있다고 했다. 화려한 경력에 비해 그녀는 늘 논란의 대상이었다. '죽음의 중심에서

스트립쇼를 벌이는 화가.' 어느 비평가의 비아냥거림이 이젠 선배의 다른 이름이 되어버렸다고 말해줬다.

"보이는 것 너머의 세계. 추상표현주의 컬렉션." 특별전 주제를 소개하는 세움 간판이 산바람에 이리저리 흔들렸다. 국내외 작가의 작품이 내달 말까지 전시된다. 혹시 마그리트 그림도 있지 않을까 내심 기대했다.

"그 화가 작품은 워낙 고가라 국내에 들여오기 힘들어. 소품만으로 기획전을 꾸민다고 해도 시립 미술관이나 서울의 큰 갤러리 정도는 되어야 겨우 타산을 맞출 수 있을걸?"

그녀가 말했다.

안으로 들어갔다. 관람객들은 그리 많지 않았다. 천천히 걸으며 작품을 감상했다. 회화, 조각, 설치물, 사진까지 다양했다. 하지만 앞뒤, 위아래가 구분되지 않는 것이 대부분이었다. 그래도 차수림의 설명 덕에 조금 이해는 됐다. 난 조만간 현대미술에 관한 책도 읽어보리라 마음먹었다.

흑백 가족사진 앞에 섰다. 남자 한 명, 여자 한 명, 어린아이 하나였다. 남자는 서 있고 여자와 아이는 의자에 앉았다. 옷차림과 소품들을 보아하니 유럽의 어느 부유한 집안 같았다. 대여섯 살로 보이는 아이는 목에 산뜻한 나비넥타이를 맸다.

"평범한 가족사진, 오늘 본 것 중에는 그래도 제일 쉽네. 왜 이것이 추상표현주의 전시회에 걸려 있을까?"

차수림이 웃었다.

"오늘 작품 중 제일 논란이 많을 것 같은데."

"왜?"

"저 애가 죽은 아이거든."

자세히 보았다. 아이의 오른손이 이상했다. 손가락 끝이 그을린 것처럼 새까맸다. 시선도 부자연스러웠다. 등 뒤로 긴 막대기 같은 것이 연결되어 바닥까지 이어졌다.

"죽은 아이 얼굴에 생기가 돌게 화장시키고 새 옷을 입혀 의자에 앉힌 뒤 뒤에 보이는 파이프를 척추에 박아 바닥에 고정한 거야. 살아 있는 것처럼 보이게."

부모 얼굴에 깔린 짙은 어둠이 그제야 눈에 들어왔다.

"이런 사진을 포스트모템 아트(Postmortem Art)라고 해. 19세기 초반부터 서구에선 죽은 자들을 찍기 시작했어. 대개는 가족이나 연인 같은 소중한 사람들이야. 고인의 살아생전 모습을 그대로 남기고 싶어서겠지. 카메라 가격이 싸지고 대량 생산이 되면서부터 중산층 이상에서 너도나도 포스트모템 사진을 찍기 시작했어. 한마디로 유행이 된 거지. 아이 손이 저렇게 까만 것은 이미 부패가 시작됐다는 증거야. 그 옆에 엄마, 아빠 모습이 흐릿하지? 당시 사진은 지금처럼 바로 찍히는 것이 아니라 몇 분 동안 고정된 자세로 서 있어야 해서 그래. 죽은 아이는 움직이질 않을 테니 선명하고 살아 있는 이들은 조금씩 몸이 흔들리다 보니 저렇게 흐리멍덩하게 나타나는 거고. 그 시절 죽은 이와 함께 사진을 찍는 산 사람들은 정말 고역이었을 거야. 시체의 부패를 최대한 늦추기 위해 작업실 난방을 하지 않아 추위에 덜덜 떨었을 테니까."

죽은 것은 뚜렷했고 살아 있는 것은 흐릿했다. 망자의 시간은 생자의 시간과 달랐다.

"수백 년 전의 슬픔이 현대에선 하나의 예술이 됐어. 지금은 법적, 도덕적 문제 때문에 진짜 시체를 소품으로 이용하지 못해. 동물 사체를 쓰거나 정교하게 만든 가짜 시신을 이용하지."

2층으로 올라갔다. 교실을 개조한 첫 번째 방으로 들어갔다. "사랑하는 이들의 일상. 연작 시리즈 V1-V7"이라고 적혀 있었다. 여기 작품들이 관장이 몇 년 동안 그리고 있는 연작들 중 일부라고 했다.

둘러보니 왜 그렇게 많은 논란이 있는지 이해가 됐다. 하나같이 시체를 소재로 한 그림이었다. 아기 시신을 등에 업은 죽은 엄마. 손을 잡고 앉아 있는 죽은 젊은 남녀. 뼈만 남은 개를 끌고 산책하는 노파. 삶과 죽음에 대해 포스트모템화한 전위적 해석을 덧칠한 것이라는 평론가의 설명이 붙었다.

차수림은 그중 하나를 가리켰다. 사지가 이상한 방향으로 꺾인 채 죽은 남자의 그림이었다. 그 형상이 기묘해 마치 오래된 나무줄기의 뒤틀림 같았다.

"이건 어때?"

"글쎄, 솔직히 잘 모르겠어. 이게 왜 예술적인지."

차수림은 입술을 삐죽이며 퉁명스럽게 대꾸했다.

"이 작품 초안은 내가 그렸어. 마무리는 선배가 했고."

관장실로 갔다. 관장은 60대라는 나이와 어울리지 않게 젊어 보였다. 따듯한 차를 내왔다. 우리는 둥근 유리 탁자에 둘러앉아 숲을 거쳐 들어오는 햇살을 맞으며 차를 마셨다.

"둘이 어떻게 만나셨나요?"

"같은 직장에 다닙니다."

"아하, 사내 커플. 그거 조심스럽지 않나요? 되게 눈치 보일 것 같은데. 하긴, 수림이가 그럴 사람도 아니지만……."

"언니도, 참……."

관장은 내 얼굴을 빤히 바라보다 이렇게 말했다.

"한국 사람들은 연한 그레이 눈동자가 드문데. 규호 씨 눈 색깔이 그래요. ……좋네요. 색이 따듯하고 부드러워요."

지금까지 내 눈에 대해 말하는 사람은 없었다. 흐린 검정이라고는 생각했지만 그것이 회색에 가까운 것인지는 몰랐다.

"회색 눈을 가진 사람은 자기 마음을 잘 숨기지 못한대요. 예전에 같이 레지던스에서 작업했던 독일 화가가 그런 말을 했죠. 그래서 그는 인물화의 눈을 하나같이 비현실적인 색으로 칠했어요. 빨강, 보라, 핑크. 어떤 사람은 눈을 아예 안대로 가려버리기도 했고. 심지어 면도칼로 도려낸 것도 있었죠."

우린 반 시간가량 가벼운 담소를 나누며 관장실에서 시간을 보냈다. 관람을 마치고는 지하로 내려갔다. 복도를 따라 걸었다. 창문도 없는 막다른 곳에 도착했다. 거의 빛이 닿지 않아 몹시 어두웠다. 벽에 있던 스위치를 켜자 천장의 형광등이 투두둑 소리를 내며 켜졌다. 누워 있다가 벌떡 일어난 것처럼 복도 끝 어둠 속에 파묻혀 있던 방 입구가 나타났다.

"고통의 심연." 나무로 깎아 만든 문패에 그렇게 쓰여 있었다. "고통의 심연에는 어떤 맹렬한 아픔도 와닿지 않는 텅 빈 곳이 있다. 그곳엔 일종의 환희가, 승리에 넘친 긍정이 있다." 차수림도 루이제 린저의《생의 한가운데》를 읽어봤을까.

안으로 들어갔다. 실내는 생각보다 꽤 넓었다. 창문이 벽 한쪽으로 나 있었지만 모두 두꺼운 나무판으로 막혔다. 꽉 막힌 곳이지만 형광등이 밝아 답답하다는 느낌은 없었다. 여러 크기의 이젤, 빈 캔버스, 물감 통, 붓이 담긴 통, 조각상들이 한쪽 구석에 공사판 자재처럼 쌓였다. 그리다 만 작품들도 여럿 보였다. 벽과 천장에 온통 올록볼록한 엠보싱 형태의 방음 장치가 붙어 있는 점이 특이했다.

"왜 여기만 방음 처리가 돼 있지?"

"예전에 학교 음악실이었어. 지금은 관장님 작업실로 사용하는데 나도 종종 이용해."

이젤 위에 가로세로 폭이 1미터쯤 되는 미완성 그림이 놓였다. 할머니 초상화였다. 작은 사진이 옆에 클립으로 고정되었다.

차수림은 이곳에서 사진 속 할머니를 그림으로 옮기는 작업을 했다. 영정 사진 대신 초상화를 걸고 싶어 하는 요양원 노인들 때문이라고 했다. 화사한 색감과 구도, 과감한 선과 주름. 그림은 인물의 특징을 비현실적으로 강조했다. 그동안 그린 다른 사람들의 초상화를 꺼내 보여주었다. 늙은이부터 어린아이까지, 팝아트 형식부터 클래식한 흑백 정밀 인물화까지 다양했다.

"어때?"

"좋은데."

"그래? 하지만 당사자에게 자기 초상화를 보여주면 대개 시큰둥한 반응을 보여. 아마도 사진처럼 보이는 자화상을 원한 거겠지."

이해할 수가 없었다. 자신과 아주 닮은 그림 따위는 별 가치가 없을 텐데. 그렇다면 0.001초 만에 뚝딱 만들어내는 디지털 사진과 다를 바가 무엇인가. 사람들은 근육과 뼈와 살가죽이 만들어내는 외형에서 너무 많은 정보를 얻으려고 한다. 진짜 중요한 것은 피부 아래 숨어 있는데 말이다. 난 그녀가 그린 그림이 마음에 들었다. 그러다가 그림에서 공통점을 발견했다.

"왜 전부 눈동자가 없지?"

"참, 빨리도 발견한다."

그녀는 깔깔거리고 웃었다.

"난 눈을 제일 마지막에 그려."

"왜?"

"눈동자가 날 쳐다보는 것이 싫어서."

난 나무 의자에 앉았다. 시선은 창문가 위의 형광등 쪽을 향했고 손은 왼쪽 무릎 위에 가지런히 올렸다. 턱을 당겨 얼굴에 그늘이 지지 않게 했다. 차수림의 요구는 까다로웠다. 포즈를 정하는데도 30분이 넘게 걸렸다. 그녀가 미소를 지으라고 했다. 얼굴에 경련이 일어나는 것 같았다.

차수림은 이젤에 새 캔버스를 올리고 본격적으로 날 그리기 시작했다. 한 시간 만에 연필로 그린 데생이 완성됐다. 종이를 들어 보여주었다. 눈동자 없는 얼굴이 정면을 바라보고 있다. 얼굴에서 제일 중요한 포인트가 없어, 닮았는지 아닌지 파악하기 어려웠다. 맘에 드느냐고 물었다. 난 그냥 웃었다.

그림을 침대 맞은편 벽에 걸었다. 자기 전까지 초상화를 한참 봤다. 그녀 말처럼 차라리 눈이 없는 편이 나은 것 같다. 회색 눈동자가 좁은 방 안에서 밤새 날 지켜보면 꽤 불편할지도 모른다. "영원한 내 사랑에게." 차수림의 글씨가 그림 아래 조그맣게 보였다.

차수림이 무단결근한 지 이틀이 지났다. 회사엔 어떤 연락도 없었다. 김형석 사장은 머리끝까지 화를 냈다. 수도 없이 그녀에게 전화했지만 묵묵부답이었다. 개인적으로 친분이 있는 직원들에게 어떻게든 당장 연락을 취하라고 닦달을 해댔다. 사장은 당장 내일 예정된 외국 바이어와의 미팅 스케줄과 상담 내용에 관해 알고 싶어 했다. 그는 그런 중요한 일을 비서 차수림에게 전적으로 맡긴 것을 몹시 후회하는 것 같았다.

이틀 전에도 저녁을 함께했지만, 이상한 낌새는 전혀 없었다. 난 숱하게 전화를 하고 문자를 남겼다. 답신은 없었다. "지금 고객님께서 전화를 받을 수 없습니다. 잠시 후에 다시 걸어주시기 바랍니다."라는 안내 음성만 흘러나왔다. 퇴근 후 차수림 집에 들렀다. 문을 두드려보았지만 아무런 기척도 없었다. 집 비밀번호를 눌렀다. 열리지 않았다. 다시 입력했지만 오류 경고음만 났다. 건물 경비원에게 물었더니 어제 이사했다고 했다. 차수림은 사라졌다. 마치 도시 어디에나 존재하다가 해만 뜨면 순식간에 증발해 버리는 새벽안개처럼.

차수림이 인사과에 다시 연락한 것은 무려 일주일만이었다.

"개인 사정이 생겨 퇴직하겠습니다."

이유나 절차 따위는 생략한 채 그녀는 그렇게 말한 후 전화를 끊어버렸다. 사장은 노발대발했다. 업무 인수인계, 진행 중인 일의 마무리, 사장 스케줄 관리, 기타 잡무를 깔끔하게 정리하지 않고 달아나듯 퇴사한 차수림에 대해 공개적으로 욕을 하고 다녔다.

회사에선 무단 결근 및 근무 태만 등의 이유로 퇴직 처리했고 퇴직금도 사규에 따라 3분의 1만 지급했다. 사장은 바로 새로운 비서를 뽑았다. 얼굴에 마른버짐이 잔뜩 난 까칠해 보이는 중년 여자였다.

차수림은 여전히 전화를 받지 않았다. 난 짧은 메시지 하나를 마지막으로 보냈다.

'도대체 왜?'

* * *

클리닉에 갔다. 다음 주가 정기 진료일이지만 어쩔 수 없었다. 일련의 걱정과 불안이 토네이도처럼 커져버렸기 때문이다. 지금 상태로 다음 주까지 기다리기에는 고통이 너무 컸다. 그동안 제정신이 아니었다. 최악의 경우 다시 다리로 달려가 투신할지도 모른다. 기억을 잃기 전에도 이와 비슷한 심정이 아니었을까.

박석준에게 그간의 일들에 대해 말했다. 차수림의 느닷없는 가출, 의심스러운 동료들, 고객들의 비상식적인 행동, 수상해 보이는 편의점 사장과 책 대여점 주인, 감시당하는 것만 같은 느낌, 계속되는 악몽. 그런 것들에 관해 두서없이 이야기했다.

상담은 평소보다 오래 걸렸다. 그는 컴퓨터로 내가 하는 말을 꼼꼼히 받아 적었다. 가끔 동조인지 위로인지 모를 표정을 보였다. 아무런 말도 없이 사라진 차수림 때문에 불안증이 더 가중된 것 같다는 말에 이렇게 답했다.

"남녀 간의 문제는 제가 특별히 드릴 말씀이 없군요. 무슨 일이 두 분 사이에 있었는지는 잘 모르겠지만 여자 친구의 사적인 문제가 정리되면 다시 돌아오지 않을까요? 여자는 남자에게 말하기 어려운 비밀 하나쯤은 있는 법이니까요."

그녀의 비밀은 무엇일까. 같이 해결한 수는 없었을까.

박석준은 기억 노트에 적은 것들을 살펴봤다. 종이가 젖어 찢어질 만큼 손가락에 침을 바르며 페이지를 넘겼다.

"최근에는 별로 적지 않으셨네요?"

그는 실망스러운 표정으로 말했다. 난 더 잦아진 악몽에 대해 이야기했다. 고대 선각자의 예지몽처럼 뭔가를 끊임없이 경고하는 신호 같다고 말했다. 그는 대답 대신 묻기만 했다.

"약은 잘 드시죠?"

"네."

거짓말을 했다. 남아 있는 약은 이제 하나도 없다. 만일 약을
계속 먹었다면 지금보다 더 상태가 안 좋아졌을 것이다.

MSTS-p라는 다층 심리 분석 테스트를 했다. 도형과 숫자,
그림 등으로 이루어진 질문지에서 옳다고 생각되는 답안을 골
랐다. 상황 판단에 관한 검사도 했다. 물에 빠진 아이, 노파, 중
증 장애인, 강아지 중 누구를 먼저 구하겠습니까, 따위의 문제
였다. 선택지가 마음에 들지 않아 5번 기타를 마킹하고 내가
왜 그들을 구해야 하는지 생각해 볼 것이라 적었다.

그가 검사 결과에 대해 말했다.

"강박적 신경증이 보입니다. 심각한 정도는 아닙니다만……."

"……"

"먼저 마음을 편하게 가지세요. 사소한 것들에 민감하게 반
응하면 할수록 증상은 더 악화됩니다. 누군가가 날 감시하는
것 같다. 모든 것이 의심스럽다. 아무 일이 없어도 불안하다.
그런 느낌을 종종 받죠? 정도의 차이는 있을지언정 보통 사람
들도 다들 비슷한 경험을 해요. 저만 해도 카페 같은 데서 모르
는 사람이 자꾸 쳐다보는 것 같은, 그런 느낌을 받거든요."

"……"

"진짜 문제는 그런 반복적 강박감이 더 큰 병을 불러올 수 있
다는 겁니다. 명상이나 요가 같은, 정신 건강에 도움이 될 만한

취미 생활을 해보세요. 마음에 위안을 주는 책이나 영화를 보시든가. 꽤 도움이 될 겁니다."

상담 내내 내 신경을 거스르는 것이 하나 있었다. 책상 위에 놓인 인형이다. 머리가 유난히 크고 온몸에 털이 수북한 곰 인형. 엉덩이 부분이 바닥에 고정된 것 같다. 전번에 왔을 때는 곰 인형이 없었다. 그 자리엔 전화기가 놓여 있었다. 전화기는 모니터 옆으로 옮겨졌다. 인형 눈알이 날 빤히 쳐다보고 있다. 왼쪽과 오른쪽이 서로 다른 색이다. 오드 아이 베어. 말하자면 돌연변이 곰이다.

"혹시나 해서 그러는데, 기억을 잃기 전부터 간직하던 물건이 있나요?"

"없습니다."

"자신에게 특별한 의미가 있는 것. 예를 들면, 멋진 여행지에서 산 기념품이라든가, 친한 친구로부터 받은 선물이라든가. ……아니면 누군가의 사진이라든가."

고개를 저었다.

그는 새로 바꾼 신경안정제와 함께 한 달 치 약을 처방했다. 상담이 끝났다. 인사를 하고 자리에서 일어났다. 가방을 등에 메고 천천히 뒤돌아섰다. 문을 향해 똑바로 걸어 나왔다.

지하철 안에서 가방을 열었다. 접착식 고정 장치를 풀고 안에 설치한 스파이 액션 캠을 꺼냈다. 핸드폰과 블루투스로 연결했다. 녹화된 영상을 재생했다. 상담을 마치고 나올 때 내 뒤통수를 바라보는 박석준의 얼굴이 선명하게 잡혔다. 날 쏘아본다. 마치 레이저로 두개골을 쪼개 그 안에 무엇이 들어 있는지 확인하려는 것 같다. 편의점과 책 대여점 주인, 이병우 팀장이 날 바라볼 때와 같은 눈빛이다.

정지 버튼을 눌렀다. 뒤로 조금 돌렸다. 다시 재생 버튼을 눌렀다. 정지, 다시 되돌아가기, 재생. 영상을 몇 번이나 확인했다. 책상 위 곰 인형 머리가 오른쪽으로 조금 돌아갔다. 난 인형으로 위장한 몰래카메라의 움직임을 놓치지 않았다. 내가 CCTV 전문가라 정말 다행이다.

편의점에 들렀다. 도시락, 물, 우유를 샀다. 집으로 가는 길이 아닌 다른 길로 빙 돌아갔다. 주방 도구 파는 가게에 들어갔다. 20센티미터 회칼을 집었다. 날이 잘 드는지 옆에 있는 신문지를 베어보았다. 뜨거운 프라이팬 위의 버터처럼 부드럽게 갈라졌다. 좋은 칼이다. 안주머니에 티 나지 않게 넣을 수 있는지 확인했다.

집에 도착했다. 옷을 갈아입기도 전에 화장실로 직행했다. 받아 온 새 약을 변기에 모두 버렸다. 스위치를 내렸다. 알약이 물회오리를 따라 우수수 빨려 들어갔다. 앞으로 다시 병원 갈 일은 없을 것이다.

제4장

불에 탄 숲

오후에 전화를 받았다. 흥신소 남자였다. 그는 만나서 이야기하는 편이 좋을 것 같다고 했다. 늦은 저녁 회사 근처 카페에서 만났다. 그간의 조사 과정에 관해 설명했다. 그는 달랑 사진한 장과 열쇠로 무언가를 찾아낸다는 건 꽤 힘든 작업이라며 한참 공치사했다.

"추가 비용은 내겠습니다."

"아, 꼭 그렇게 해주십사 하는 건 아니고요. 어둠 속에서 일하며 진실을 추구한다. 뭐, 정부 기관 모토 비슷하긴 하지만 저희가 하는 일이 좀 그렇습니다. 그러니까 그저 우리 같은 사람들이 어떻게 고생하는지 알려드린다는 차원에서……."

그의 말을 자르고 결론부터 물었다.

"김미선은 찾았나요?"

"아직 찾지는 못했습니다. 하지만 목격자의 행방을 알아냈으니 조만간 좋은 소식이 있을 겁니다."

"그럼 오늘 보자고 한 이유가 도대체 뭡니까?"

그는 가방에서 열쇠를 꺼냈다. 죽은 김춘석의 것이었다. 그동안 신경 쓸 일이 많아 열쇠의 존재를 까맣게 잊었다. 다시 보니 기분이 묘했다.

"어디에 쓰는지 알아냈습니다."

흥신소 남자는 알아낸 경위를 장황하게 설명했다. 제일 먼저 친분이 있는 자물쇠 수입업자를 통해 최근 고스트 로커사의 제품이 판매된 것이 있는지, 있다면 어떤 모델인지 조사했다. 예상대로 판매량은 많지 않았다. 덕분에 조사 대상을 간추리는 것은 어렵지 않았다. 김춘석의 팬텀 키와 같은 모델은 지금까지 겨우 10여 개만 판매되었다. 그때까지만 해도 큰 어려움은 없을 것으로 생각했다. 김춘석의 거주지, 그가 일했던 체육관, 단골 술집, 기타 자주 들락거리던 곳들을 하나씩 확인하다 보면 쉽게 열쇠에 맞는 자물쇠를 찾으리라고 확신했다. 하지만 오산이었다. 열쇠를 사용한 곳은 어디에서도 찾지 못했다.

흥신소 남자는 원점부터 다시 조사했다. 김춘석의 과거 몇 개월간 동선을 모두 뒤졌다. 거기에는 CCTV 영상을 확인하거나 휴대전화 사용 정보를 뒤지는 등 불법적인 것들이 다수 포함되었다. 김춘석이 한 번이라도 들렀던 곳은 전부 나열했다. 모든 장소를 뒤졌다. 부지런히 발로 뛰기도 했지만 운도 따랐다. 탐문 끝에 잠금장치를 설치해 준 자물쇠 가게 주인을 찾아냈다. 그는 기억력이 좋았다. 고스트 로커사의 자물쇠를 보여 주자마자 설치한 장소를 금방 기억해 냈다. 물론 두둑한 사례비가 그의 기억력 회복에 도움을 주었다.

흥신소 남자는 낮에 가는 편이 좋을 것이라 귀띔했다. 밤에는 그 건물 5007호에 가끔 사람들이 온다고 했다. 열쇠로 문을 따는 방법도 알려주었다. 키 손잡이를 손으로 꼭 잡아 체온으로 활성화한 후, 왼쪽으로 두 바퀴, 약 3초간 정지, 반대 방향으로 반 바퀴를 돌리라고 했다.

"사용법을 어떻게 알아내셨나요?"

"핸드폰을 처음 샀을 때 비밀번호가 0000이나 1234, 뭐 그런 거잖아요. 같은 원리죠. 구매자의 절반 정도는 디폴트 비번을 바꾸질 않거든요. 테스트해 보니 바로 열리더군요."

그는 대담하게도 그곳의 문까지 열어봤다.

"……거기에 무엇이 있었습니까?"

흥신소 남자는 어깨를 으쓱했다.

"그건 저도 모르죠. 열리는지 확인만 하고 바로 건물 밖으로 나왔으니까."

"……"

"저는 조사를 하는 사람이지 도둑놈이 아닙니다."

흥신소 남자는 모든 걸 다 이해한다는 듯한 표정으로 음흉하게 바라봤다. 건네준 주소를 보았다. 위치는 놀랍게도 집에서 얼마 떨어지지 않은 곳이었다. 심지어 집 창문을 열면 빤히 보이는 5층 건물이었다.

건물은 흔히 볼 수 있는 빨간 벽돌 빌라였다. 벽에는 보증금 얼마에 월세 얼마, 조용하고 전망 좋음, 같은 광고지가 덕지덕지 붙었다. 1층에는 부동산과 음식점이 있었다. 건물 주위를 한 바퀴 돌며 살폈다. 감시 카메라는 정문에 설치된 것 외에는 없다. 자세히 보니 그마저도 가짜였다. 건물주는 돈을 아끼기 위해 페이크 CCTV를 설치한 것 같다.

현관문이 잠겨 있어 누군가가 나오길 기다렸다. 학생 한 명이 바쁘게 문을 열고 걸어 나왔다. 그 틈에 안으로 들어갔다. 승강기는 없었다. 5층까지 올라갔다. 긴 복도를 따라 똑같이 생긴 문들이 다닥다닥 붙어 있다. 하나같이 임대형 원룸이나 투룸이었다.

5007호 앞에 섰다. 주변을 살폈다. 문에 귀를 대고 인기척을 살폈다. 조용했다. 팬텀 키를 잠시 손에 쥐었다. 체온으로 키를 활성화한 후 자물쇠 구멍에 삽입했다. 왼쪽으로 두 바퀴, 3초간 정지, 다시 반대 방향으로 반 바퀴.

띠리리.

경쾌한 소리와 함께 문이 철컥 열렸다. 고주파 소리. 팬 돌아가는 소리, 복잡하게 얽힌 케이블, 책장처럼 차곡차곡 쌓인 컴퓨터 서버들과 랙. 좁은 원룸은 전자 장비로 가득 차 있었다. 주식 컨설턴트나 펀드 매니저의 데스크에서나 볼 법한 3X4 멀티 모니터가 정면에 있다. 창문은 두꺼운 커튼으로 가려져 있어 빛이 전혀 들어오질 못했다. 모니터를 보았다.

버스 정류장, 편의점과 책 대여점이 보이는 골목, 중국집 앞, 삼거리 주변. 시장 입구, 뒷산 소로 입구……. 모니터들은 감시 카메라가 설치된 우리 동네 구석구석을 보여주고 있었다. 이런 실시간 관제 HQ는 CCTV가 설치된 건물 내 관리 사무소에 있는 것이 보통인데 왜 이 평범한 원룸 안에 있는 걸까. 게다가 관리 회사가 서로 다른 별개의 감시 카메라를 이렇게 한 곳에서 중앙 집중으로 통제한다는 이야기는 들어본 적도 없다.

전원이 꺼져 있는 모니터 몇 대가 눈에 들어왔다. 전원 버튼을 눌렀다. 노트북이 놓인 책상, 깨끗이 정리된 침대, 하얀 식탁보가 덮인 2인용 식탁, 작은 TV, 포터블 오디오 하나, 접시 몇 개, 밥그릇 몇 개, 컵 몇 개, 프라이팬과 냄비가 세워진 건조대, 빨아놓은 옷들이 반듯하게 걸린 빨래 건조대, 5단 책장, 벽에 걸린 카스파 다비드 프리드리히의 그림, 자화상. 네 대의 모니터는 마술 거울처럼 방 구석구석을 보여줬다. 그곳은 우리 집이었다.

＊＊＊

책상에 앉아 책을 읽었다. 눈은 글자를 좇고 있었지만 한 글자도 머릿속으로 들어오지 않았다. 언제 카메라를 설치한 걸까? 내가 이사 오기 전부터? 병원에 있을 때? 출근하였던 동안? 1번 모니터 영상은 지금 내가 앉아 있는 책상 뒤쪽, 벽에 붙은 무드 램프 안에 설치된 몰래카메라일 것이다. 화장실 입구를 비추는 2번 모니터는 창문가 위쪽 벽일 테고. 3번 모니터는 각도로 보아 싱크대 쪽에서 찍는 화면이다. 4번은 천장 어딘가를 바늘구멍만큼 뚫고 설치한 것이다. 집 안 구석구석은 생방송 리얼리티 쇼처럼 누군가에게 전송되고 있다. 렌즈와 눈을 마주치면 안 된다는 강박관념이 온몸을 화석처럼 뻣뻣하게 만들었다.

'침착하자. 침착하자. 침착해야 한다.'

주문처럼 읊조렸다. 경찰에 신고할까? 아니다. 너무 위험하다. 난 미스터리의 실마리를 이제 겨우 찾아냈다. 신고하는 순간 눈치 빠른 놈들은 내 방의 몰래카메라와 5007호의 장비들을 치우고 흔적도 없이 사라질 것이다. 경찰은 내 정신과 진료기록을 뒤적이며 되레 날 의심할 것이다. 이제 나 자신 외에 누구도 믿을 수 없다.

확실한 것부터 하나씩 짚었다. 누군가가 날 감시한다는 것,

내가 움직이는 모든 동선을 꿰고 있다는 것, 24시간 녹화된다는 것, 카메라는 소리가 녹음되지 않는 영상 전용 스파이 캠이라는 것, 영상의 사각지대가 없다는 것. ……아니지, 5007호 모니터는 한 군데를 보고 있지 않았다. 화장실 안. 그곳은 감시 없는 유일한 장소다. 그리고 난 강박적 신경증에 걸리지 않았다는 것. 여기까지가 팩트다.

불확실한 것은 훨씬 복잡했다. 미스터리 감시자들은 적어도 나와 관련된 사람일 것이다. 이병우 팀장이 제일 먼저 떠올랐다. 그렇다면 그를 채용한 김형석 사장도 관여하고 있을지 모른다. 우리 동네 편의점 사장과 책 대여점 주인까지도 한패일 수 있다. 하지만 증거는 없다. 내겐 그들의 의심스러운 눈빛을 느끼는 직감만이 있을 뿐이다.

이 일이 차수림과 관련이 있는 건 아닐까. 날 보호하려고 일부러 잠적해 버렸을지도……. 내 사라진 기억과 연관된 것일지도……. 통제력을 잃은 생각의 흐름은 의혹의 몸집만 키워갔다.

며칠 동안 계획을 세웠다. 시스템 설계는 한 번도 간 적 없는 카페에서 네트워크가 연결되지 않는 노트북으로 작성했다. 필요한 장비는 용산에 가 직접 구매했다. 인터넷은 이력이 남기 때문에 피했다. 난 평상시처럼 행동했다. 퇴근 후 씻고 밥해 먹고 자기 전까지 책상에 앉아 책을 읽었다. 가끔 TV를 틀어놓고 보는 척하기도 했다. 최대한 자연스럽게 행동했다. 처음엔 카메라가 눈엣가시처럼 신경 쓰였지만, 생각보다 적응이 빨랐다. 어쩌면 난 태생적으로 가식적인 행동에 익숙한지도 모르겠다.

마이크가 달린 초소형 스파이 카메라, 미니 태블릿 PC, 포터블 무선 송수신 장치 등을 챙겨 낮에 짬을 내 5007호로 다시 갔다. 방 안은 달라진 것이 없었다. 감시 기계들은 여전히 컴컴한 좁은 방 안에서 먹이 피라미드의 최상위 포식자처럼 거친 숨소리를 내면서 돌아갔다.

방 안에서 가장 구석지고 어두운 곳을 찾아 초소형 스파이 카메라를 설치했다. 모니터가 잘 보이게 방향을 잡았다. 케이블 다발 사이에 깊숙이 끼워 넣고 끈으로 고정했다. 영상 스트림을 수신해 인코딩할 태블릿 PC를 카메라와 연결해 장비 랙 사이에 숨겼다. 이렇게 복잡하게 얽혀 있는 기계들 틈에서 소형 카메라를 찾아내는 것은 불가능할 것이다. 등잔 밑은 원래 어두운 법이다.

전송을 위한 무선 AP는 방 안에 있는 것 중 하나를 이용했다. 암호는 어렵지 않게 알아냈다. 흥신소 남자가 말한 골든 룰은 여기서도 통했다. 여섯 개의 AP 중 두 개는 디폴트 암호였고 나머지는 밑바닥에 암호가 적혀 있었다. 서버의 네트워킹 로그 기록 세팅에서 내가 설치한 장비의 데이터 인, 아웃 기록을 예외 규정으로 설정해 모니터링을 피했다. 테스트를 끝내고 방에서 나왔다.

퇴근 후 집에 들어오자마자 화장실로 들어갔다. 몰래카메라
가 없는 집 안 유일의 안전지대다. 샤워기 물을 세게 틀었다.
목욕 시간은 30분을 넘겨서는 안 된다. 평상시 씻는 시간과 비
슷해야 한다. 그렇지 않으면 의심을 받을 수도 있다. 목욕 용품
이 들어 있는 선반을 열어 노트북을 꺼냈다. 5007호에 설치한
태블릿 PC에 원격으로 접속했다. 하드디스크의 저장 폴더로
들어갔다. 영상 파일들이 날짜와 시간별로 저장되어 있다. 모
두 다운로드했다.

재생, 2배속 재생, 4배속 재생. 캄캄한 방 안에 모니터만 번
쩍였다. 5007호에는 수요일까지 아무도 오지 않았다. 목요일
저녁 8시쯤 촬영된 영상에서 사람이 처음 나타났다. 두 명이
5007호로 들어왔다. 방 안 전등이 켜졌다. 모두 모니터를 향해
섰다. 한 명은 중절모를 썼고 거구였다. 다른 한 명은 대머리에
콧수염을 기른 남자였다. 중절모 남자가 어딘가를 가리키며 뭐
라고 말을 했다. 볼륨을 높였다. 소리가 제대로 녹음되지 않았
다. 기계 돌아가는 잡음 때문에 알아듣기 힘들었다. 지향성 마
이크를 같이 설치했으면 좋았을걸. 후회가 되었다.

중절모 남자는 모자를 벗었다. 잘 빗어 넘긴 백발이 드러났
다. 행커치프를 꺼내 이마의 땀을 찍어냈다. 그는 무언가를 찾

는 듯 고개를 좌우로 돌렸다. 콧수염도 같이 돌아봤다. 카메라 정면에 잠시 얼굴이 잡혔다. 영상을 정지시켰다. 확대했다. 중절모는 족히 일흔은 넘은 늙은이다. 코가 낮고 얼굴이 큰 편이다. 콧수염 남자의 나이는 그리 많아 보이지 않았다. 모두 처음 보는 사람들이었다. 둘의 얼굴을 캡처해 저장했다.

콧수염 남자가 장비를 조작했다. 중앙 모니터 영상이 바뀌었다. 화면에 우리 집이 나타났다. 식탁에 앉아 식사하는 내 뒷모습이 보였다. 영상은 맞은편을 클로즈업했다. 환하게 웃고 있는 차수림이 나타났다. 자신이 몰래카메라 주인공인 줄도 모른 채 유쾌하게 이야기하는 그녀를 가리키며 중절모가 뭐라고 말했다. 콧수염은 그의 말에 고개를 끄덕였다.

화면이 바뀌고 다른 영상이 재생됐다. 잠자리하는 장면이 나왔다. 차수림은 등을 돌린 채 내 배 위에 올라가 있었다. 위아래로 출렁이는 그녀의 나신을 그들은 뚫어져라 바라봤다. 양복 남자가 조작 버튼을 누를 때마다 그동안 촬영된 다른 동영상들이 연이어 플레이됐다. 책상에 앉아 책 읽는 모습, 밥 먹는 모습, 창가에 서서 스트레칭을 하는 모습, 차수림과 여러 가지 자세로 섹스에 열중하는 모습. 내 사생활은 낯선 이들 앞에서 민낯을 고스란히 드러냈다.

모두 방을 나갔다. 불이 꺼졌다. 기계는 웅웅, 웅웅, 계속 그렇게 중얼거리며 제 할 일에 열중했다. 난 좁은 화장실에 웅크

리고 앉아 다시 어둠 속에 갇힌 5007호 영상을 한참 동안 바라
보았다. 이상한 느낌이 들었다. 단단한 껍질 속에서 변태를 앞
둔 나비처럼 기억이라는 이름의 미생물이 꿈틀꿈틀 기지개를
켜는 느낌. 그것은 세포 하나하나에 신호를 보내며 사방으로
퍼져나갔다.

'종들이 가득한 방이 있어요. 강규호 씨는 거기서 제일 작은
종을 망치로 때립니다. 처음에는 때린 종만 징징거리며 울리겠
지만 공명 효과 때문에 주변의 가까운 종들도 곧 따라 울릴 겁
니다. 소리는 점점 사방으로 퍼지고 결국 방 안의 종들은 모두
깨어나 같은 소리를 내게 됩니다. 하나의 울림에서 전체의 울
림으로. 기억이라는 것은 그런 식으로 살아나는 겁니다.'

주치의 박석준의 속삭임이 머릿속에서 종소리처럼 울려 퍼
졌다.

***

불을 끄고도 한참 동안 침대에 누워 뒤척였다. 생각은 꼬리
에 꼬리를 물고 길게 늘어났다. 이 방 카메라는 어떤 종류일까.
야간에도 찍을 수 있을까. IR 기능이 있다면 가능하겠지. 그렇
다면 적외선 감지 기능, 낮은 룩스에도 깨끗한 화면을 잡는 고
가 제품일 테고. 오토 IRIS, 하이라이트 역광 보정 기능에 자동

광량 조정 기능까지 있다면 내 발톱의 때까지 선명하게 녹화할 수 있을 것이다.

놈들은 작은 렌즈를 통해 나의 은밀한 사생활을 모두 보았다. 햄버거나 피자를 씹어 먹으며 마치 TV 쇼를 보듯 킬킬거렸을 것이다. 어쩌면 차수림과의 섹스를 바라보며 자위행위를 했을지도 모른다. 어둠 속 카메라는 살인자의 칼보다 잔인하다. 몰래카메라에 담긴 영상은 찍힌 사람의 영혼을 찌르고 베고 난도질해 만인의 창녀로 만들어버린다.

차수림에게 5007호 이야기를 해준다면 어떤 반응을 보일까. 지금처럼 연락이 끊어진 편이 차라리 더 낫겠다는 생각이 들었다. 적어도 화를 내진 못할 테니까. 그녀의 아름다운 얼굴이 떠올랐다. 매끈한 몸을 기억했다. 뜨거웠던 숱한 밤을 상기했다. 이불 안에서의 추억이 또렷이 그려졌다. 달콤한 입술, 부드러운 신음, 귓불을 핥던 혀의 움직임. 난 다시 느끼고 싶다. 안고 싶다. 만지고 싶다. 보고 싶다.

"수림아." 이름을 불렀다. "수림아. 차수림." 그녀의 이름은 어둠 속에 숨어 있는 잔인한 눈동자에 의해 갈가리 찢겨나갔다.

머리맡에 놓아둔 스마트폰이 부르르 떨며 몸서리를 쳤다. 자정이 넘었다. 난 얕은 잠에서 깨어나 핸드폰을 집었다. 발신 번호가 감춰진 문자가 화면에 떴다.

〔무슨 일이 있어도 화를 내선 안 돼.〕

한 대 얻어맞은 것처럼 멍해졌다. 몇 초가 흐른 뒤 두 개의
메시지가 잇달아 들어왔다.

〔사랑해, 규호 씨.〕

〔답은 당신 안에.〕

몸을 일으켜 침대에 바로 앉았다. 고개를 푹 숙였다. 핸드폰
을 쥔 손이 덜덜 떨렸다. 카메라가 내 일그러진 표정을 찍지 못
하게 최대한 몸을 웅크렸다. 식은땀이 바닥으로 뚝뚝 떨어졌다.

* * *

회사에 출근했다. 분위기가 이상했다. 잠바 차림의 낯선 남
자들이 사무실에 있었다. 현장 엔지니어들은 물론이고 이병우
팀장도 보였다. 최경식 대리에게 무슨 일이냐고 물었다. 그는
얼굴이 하얗게 질린 채 아무 말도 못 했다. 움푹 들어간 눈에
눈물까지 고였다. 낯선 남자가 내게 다가왔다. 신분증을 꺼내
보여줬다. 경찰이었다. 위압적으로 물었다.

"강규호 씨 맞죠?"

"네."

"몇 가지 물어볼 것이 있습니다."

"무슨 일입니까?"

"잠시 조용한 곳에 가서 이야기 좀 하시죠."

"왜 그러시죠?"

"그러면 여기서 말할까요? 직원들이 다 있는 앞에서?"

그는 나를 연행하듯 끌고 복도 끝으로 갔다. 회의실 옆 임시 창고로 쓰는 작은 방에 들어갔다. 사람들의 웅성거림이 뒤쪽에서 들렸다. 문을 잠갔다.

차수림은 강원도 곰배령 근방 야산에서 주검으로 발견됐다. 형사는 시신이 맞는지 확인하라며 사진을 보여주었다. 그녀는 알몸 상태였다. 반듯이 누운 채 머리는 왼쪽으로 비스듬하게 돌아갔다. 사망의 직접적인 원인은 목 졸림으로 인한 질식사였다. 목 주위에 선명한 검보라색 멍 자국이 남았다. 눈처럼 하얗고 매끈한 알몸 위로 젖은 나뭇잎, 풀, 잔 나뭇가지, 벌레 같은 것이 잔뜩 붙었다. 그녀는 진흙에 파묻어 놓은 진주 같았다. 배 위에 뭔가가 보였다. 날카로운 것으로 새긴, 흙과 피딱지가 엉겨 붙은 검붉은 글자였다.

'그녀를 용서하소서.'

복부에는 그렇게 선명하게 쓰여 있었다. "우리와 리기아에게 저지른 잘못을, 신이여, 그녀를 용서하소서." '쿼바디스'에서 비니키우스가 했던 독백의 한 문장이었다.

경찰은 범죄 발생 시각을 새벽으로 특정했다. 강간의 흔적은 없었다. 살해 수법과 정황으로 보아 정신이상자나 변태의 소행

으로 추정했다. 사건 현장을 중심으로 현재 탐문 수색 중이라
고 했다. 형사가 물었다.

"차수림 씨 애인이었죠?"

"그걸 어떻게……."

형사는 대답 없이 묻기만 했다.

"어제저녁부터 오늘 새벽 사이엔 무엇을 했습니까?"

"집에 있었습니다."

"퇴근 후 바로 집에 갔나요?"

"네."

"어제 팀 회식이 있었다고 하던데 참석 안 하고 그냥 가셨
군요."

"피곤해서요."

형사는 차수림과의 관계에 대해 자세히 물었다. 사건 지 얼
마나 되었는지, 동거는 했는지, 최근 다툰 일은 없었는지 등에
대해 물었다. 조사가 끝난 후 수첩을 안주머니에 집어넣는 순
간까지 그는 내 얼굴에서 눈을 떼지 않았다. 수상한 부분이 터
럭만큼이라도 남아 있는지 찾으려는 듯 뚫어지게 보았다. 그가
말했다.

"얼마 전에 강도를 당했다고 들었습니다. 범인은 차에 치여
서 즉사했고."

"……."

"참. 이상하군요. 강규호 씨 주변엔 강력 사건이 자주 벌어지네요."

"……."

"경찰은 말이죠. 우리 같은 강력계 형사들은 육감이 아주 좋아요. 쉽게 말하면 감, 촉, 눈치, 그런 게 꽤 훌륭하지요."

"……."

"부모, 자식, 애인처럼 가까운 사람이 처참한 꼴을 당하면 보통 사람들은 대개 제정신을 못 차려요. 실어증이 생기기도 하고, 일시적으로 눈이 멀기도 하고. 실신 같은 것은 다반사고."

"……."

"진짜 이해가 되질 않는군요."

"……."

"강규호 씨는 어쩌면 그렇게 평정심을 유지할 수가 있을까요?"

그의 눈에 내 표정이 어떻게 보이는 걸까. 슬픔이 정말 극에 달하면 얼굴 근육이 마비돼 마네킹처럼 아무런 표정도 없어진다. 내 앞에 거울이 있다면 좋겠다. 난 망망대해로 희망 없는 구조 신호를 보내는 침몰하는 난파선처럼 말했다.

"나…… 지금…… 아주 슬픕니다."

비상계단으로 갔다. 틈만 나면 부둥켜안고 키스를 하던 장소에 섰다. 어젯밤 차수림이 보낸 문자를 다시 열어보았다. 발송 시각을 확인했다. 자정 무렵이다. 그녀는 문자를 보낸 직후 살해당했다.

'무슨 일이 있어도 화를 내선 안 돼. 사랑해, 규호 씨. 답은 당신 안에.'

세 개의 메시지를 읽고 또 읽었다. 그녀의 마지막 부탁을 난 오늘도 철저히 지켰다. 전면 창문 너머 커다란 광고가 보였다. 맞은편 치과 건물 벽을 따라 길게 늘어져 펄럭거리는 플래카드. 그 안의 남자 모델은 환한 미소를 짓고 있다. 손에는 칫솔과 치약을 든 채였다. 바람이 세게 불자 플래카드의 반이 접혔다. 남자의 얼굴이 사라졌다. 다시 펼쳐졌을 땐 방에 걸어놓은 자화상으로 변해 있었다.

눈동자가 없는 내가 내게 말을 걸었다.

'아프니?'

'슬프니?'

'고통스럽니?'

'화가 나니?'

마라톤 풀코스를 달리고 난 직후처럼 숨을 쉬기 힘들었다. 가슴에 손을 얹었다. 심장이 미친 듯이 뛰었다. 답답했다. 식은 땀이 등에서 줄줄 흘렀다. 위장이 발악했다. 식도를 타고 먹은 것이 올라오는 것만 같다. 화장실로 달려갔다. 변기를 붙잡고 구역질을 했다. 소화되지 못한 음식물들이 그대로 쏟아져 나왔다. 입이 썼다. 고인 침을 뱉었다. 세면대 거울에 비친 얼굴을 보았다. 내 생각에는 지금 웃고 있는 것처럼 보인다.

***

시간은 아무 일 없다는 듯 흘러갔다. 차수림에 대한 기억은 사람들 머릿속에서 사라져 갔다. 하지만 소멸하지 않고 사내를 유령처럼 떠도는 것이 있었다. 그것은 그녀에 대한 이상한 루머였다. 남자관계가 문란했다, 최근 사귀기 시작한 남자와 동거 중이었다, 죽음의 진짜 원인은 그것에서 시작됐다, 둘이 심하게 다투고 무단결근을 해버렸다, 홀로 강원도로 여행을 갔다가 불귀의 객이 되었다, 같은 것이었다. 뜬소문은 목욕탕에 걸어둔 오래된 젖은 수건처럼 썩은 내를 풍겨댔다. 휴게실, 식당, 회사 근처 카페에서 수군대는 직원들의 뒷말이 내게도 종종 들렸다.

금요일 밤이었다. "외로운 싱글들과 불타는 금요일을!" 그런 구호 비슷한 것을 부르짖으며 사장은 사내 남직원들과 술자리를 가졌다. 나를 포함해 대부분의 젊은 필드 엔지니어들은 모임에 참석했다. 이병우 팀장은 사장 옆에 딱 붙어 처음부터 끝까지 자리를 지켰다. 폭탄주가 여러 잔 돌았다. 사람들의 목소리가 커지고 발음이 부정확해지고 대화 주제가 동서남북으로 두서없이 널뛰었다. 홀짝홀짝 술을 받아 마시던 최경식 대리는 평소와 달리 말이 없었다. 마른 얼굴이 더 수척해 보였다. 짝사랑하던 이를 잃은 한없이 불행한 남자의 표정이었다.

사장은 소맥을 단숨에 들이켠 후 잔을 탁, 소리 나게 내려놓았다. 그리고 느닷없이 차수림에 대한 말을 꺼냈다.

"인생이란 게 그런 것 같아. 천년을 살 것처럼 지내다 그냥 한순간에 훅 가버리거든. 그래, 우리 다 그렇지, 뭐. 하지만 어쩌겠나. 정해진 운명이 거기까지인걸. 젊고 예쁜 차수림 씨, 진짜 너무 허무하게 끝났어. 하지만 말이야, 처신만 좀 잘했으면 그런 일을 당하지 않을 수도 있었을 텐데. 그게 좀 안타까워. 남자 친구가 있었다며? 꽤 진지하게 사귀었다고 하던데. 다들 그 이야기 알지 않나?"

최경식 대리가 고개를 번쩍 들고 멍한 눈으로 사장을 바라봤다.

"근데 왜 애인이 있단 말을 안 했지? 난 남자한테 아예 관심이 없는 줄 알았어. 그 왜 있잖아, 골드 싱글족. 공개적으로 누구랑 사귄다, 잘 만난다, 그러면 누가 뭐라 그러나? 혹시 나 때문에 그랬던 건가. 에이, 그건 아니겠지. 난 결혼하면 퇴직이나 종용하는 그런 꼰대가 아니잖아? 우리 회사가 어떤 곳인가? 차세대 영상 통신 분야 최고가 될 회사 아닌가? 우리 같은 회사에서 그런 꽉 막힌 생각은 정말 아니올시다야."

모두 말없이 사장의 입만 쳐다봤다.

"죽은 사람 험담 같아 이렇게 말하기는 좀 뭐하긴 하지만, 차수림 씨, 생긴 거랑은 달리 좀 한 성질 했거든. 내 잘 알지. 비서로 가까이 데리고 있다 보니까 원래 성격이 얼핏얼핏 보이더라고. 일 처리는 꼼꼼했지만, 글쎄? 만일 내 여친이라면, 어휴, 감당 못 하지. 까칠하고, 날카롭고, 시기심 많고. 게다가 얼마나 센서티브한데. 얼굴만 예쁘면 뭐 해, 성격이 그 모양인데. 모름지기 여자는 마음씨지. 남자를 편안하게 하고 감싸주는 부드러움이 있어야지. 아마도 그 성격 때문에 남친과 엄청나게 싸웠을 거야. 결혼 없이 동거하면서 사니까 집안 업무 분담도 잘 안 됐을 테고. 각자 회사 일에 바쁘고, 그러다 보니 서로 스트레스받고, 스트레스받으니 싸우고. 까놓고 말하면 결국 자기 성질 못 이기고 일이고 사랑이고 뭐고 다 내팽개치고 뛰쳐나가 이 사달이 난 거잖아. 공과 사를 구별했어야지. 그냥 꾹 참고 지내면 다 해결되는걸. 생각해 보니 차수림 씨는 일을 시키면 매사 고분고분 따라오는 법이 없었어. 항상 뭔가 토를 달고 따졌지."

최경식 대리가 맥주잔에 소주를 콸콸 따랐다. 맹물처럼 벌컥벌컥 들이켰다.

"어쩌면 동거남이랑 더 심각한 문제가 있었을지도 몰라. 예를 들면 남녀 간 원초적이고 본질적인 문제."

제4장

사장은 양손으로 성교하는 시늉을 해 보였다. 옆에 앉아 있던 이병우 팀장은 말없이 오징어 다리 하나를 입에 집어넣고 씹기 시작했다.

"속궁합, 그거 대단히 중요하거든. 내가 가까이 두고 보니까 그 친구 확실히 색기가 있었어. 아마도 소싯적에 남자 여럿은 잡아먹었을 거야. 뭔가 야시시한 분위기를 풍기고. 눈빛이 아주 그냥……. 아이, 모르겠다. 어쩌면 더 잘된 일일지도 몰라. 그런 사람은 사실 회사 전력에 별 도움이 되지 않아. 이번에 새로 뽑은 비서는 그에 비하면 정말 최고지. 어제 미팅 준비하는 것 보니까 아주……."

"사장님, 정말 죄송한데요."

최경식 대리가 끼어들었다. 흰자위까지 벌겋게 충혈됐다.

"죽은 사람에 대해 그렇게 말씀하시는 것이……. 한때는 그래도 회사 동료였는데……. 어떤 남자랑 동거 중이다, 사랑싸움에 집까지 나갔다가 그렇게 됐다, 그런 이야기는 그냥 뜬소문인데, 듣기가 좀 그렇네요."

그는 용감했다. 틀림없이 술의 힘을 빌렸을 것이다. 사장이 원래 경솔한 자라는 것을 모를 리 없을 테고, 최경식 대리 성격상 함부로 입바른 소리를 할 사람도 아니기 때문이었다. 사장은 발끈했다.

"뭐? 내가 틀린 말 했냐? 이봐, 최 대리. 차수림 때문에 내가 그동안 얼마나 힘들었는지 알기나 해? 뭐 하나 지시하면 따지고 버티고. 툭하면 휴가에, 이 핑계 저 핑계 대며 빠져나가고. 내가 개 비서야, 개가 사장이고. 내가 뭐 개를 뽑고 싶어서 뽑은 줄 알아? 이병우 팀장이 데리고 온 사람이라 어쩔 수 없었지!"

사장은 힐끗 이병우 팀장을 흘겨보았다. 팀장이 재빨리 말했다.

"제가 사람을 잘못 본 모양입니다. 죄송합니다."

사장은 사내에서 돌고 있는 그녀에 관한 소문에 대해 장황하게 떠들었다. 그중에는 성적 취향이나 도벽 같은 해괴한 것들도 있었다. 낯 뜨거운 이야기는 끝을 모르고 계속됐다. 최소한의 예의도 없었다. 망자에 대한 험담을 그곳에 모인 사람들 누구도 반발 못 하고 들어야만 했다. 최경식 대리는 내게 도와달라는 무언의 신호를 보냈다. 그만 좀 사장의 저 주둥아리를 틀어막아 달라는 표정이었다.

'규호 씨, 지금 화를 내선 안 돼. 내 말 듣고 있지?'

차수림 유령이 내 귀에 입을 바짝 가져다 대고 속삭였다. 앞에 놓인 반쯤 남은 맥주병이 보였다. 문득 궁금해졌다. 술병을 거꾸로 쥐고 사장 머리통을 내려치면 좀 조용해질까?

* * *

이젠 사방의 카메라에 대해서도 무신경해졌다. 아주 가끔 '누군가가 지금도 날 보고 있겠지.' 하고 겨우 자각할 뿐이다. 24시간 꼼꼼히 날 관찰해도 그들이 건질 만한 것은 없을 것이다. 평일은 아침 일찍 출근하고, 저녁 늦게 들어와 잠만 잔다. 쉬는 날은 대청소하고 요리를 해 먹고 온종일 책만 읽는다. 난 AI가 탑재된 자동 청소기처럼 집 안을 같은 속도로 돌아다녔다.

주말 끼고 이틀을 붙여 휴가를 냈다. 내게 나흘이 주어졌다. 한창 바쁠 때 쉰다고 욕을 먹었다. 하지만 안개 속에 갇힌 의문을 곰곰이 들여다봐야 할 시간이 필요했다. 기억상실, 여자 사진, 화장실 비밀 금고, 병원 주치의, 회사 동료들, 책 대여점 주인과 편의점 아저씨, 날 쫓던 김춘석, 5007호의 미스터리 인물들, 방에 설치된 감시 카메라, 차수림의 실종과 죽음, 사건 전날 날아온 문자……

화장실 벽의 하얀 타일을 도화지 삼아 유성 매직으로 적어 나갔다. 동그라미에는 키워드를, 네모 칸에는 의문점을 써넣었다. 관계성이 있는 것은 빨간색으로 선을 연결했다. 파란색으로는 새로 알게 된 사실들, 마그리트 작품, 팬텀 키 같은 것들에 관해 썼다. 마그리트의 껍질, 금고, 차수림 이름에 별표를 쳤다. 옆에 물음표를 그려 넣었다. 다 채우고 나니 벽 한 면이 거대한 마인드맵으로 변했다.

불행은 일정 시각마다, 일련의 순서로, 잘 짜인 각본처럼 발생했다. 형사 말대로 평생에 한 번 있을까 말까 한 일들이 짧은 시간 동안 벌어졌다. 각자는 서로를 가리키고 있다. 그녀의 실종과 죽음의 미스터리도, 기억상실의 이유와 사라진 2년 동안의 시간도, 몰래카메라의 정체도 모두 그러했다. 진실은 생각보다 가까이 있을 것 같다. 매일같이 5007호 녹화 영상을 확인했다. 그날 이후 방을 찾아온 사람은 없었다. 냉정한 기계들만 동네 주변과 우리 집을 밤낮으로 녹화했다.

꿈을 꿨다. 차수림의 벌거벗은 뒷모습이 보였다. 그녀는 홀로 숲에 있었다. 불타버린 나무들 사이를 맨발로 걷고 있다. 난 뒤를 쫓았다. 이름을 불렀다. 대답이 없었다. 천천히 걷는데 좀처럼 따라잡을 수가 없었다. 내 다리는 땅속 깊이 파묻힌 나무뿌리처럼 꼼짝도 하지 않았다. 죽을힘을 다해 움직였다. 한참이 걸려 손이 닿을 거리까지 왔다. 어깨를 붙잡았다. 피부가 얼음처럼 차가웠다. 차수림은 천천히 뒤를 돌아보았다. 얼굴이 나를 향했다. 눈이 있어야 할 자리에 깊이를 알 수 없는 두 개의 검은 구멍이 보였다.

그 순간, 난 이것이 꿈이라는 것을 깨달았다. 두려웠다. 자각몽(自覺夢)을 꾼다는 것은 심리적, 정신적 문제가 더는 극도의 스트레스를 견디지 못하고 밖으로 표출됨을 암시한다. 프로이트? 칼 융? 아들러? 어쩌면 그들을 모두 아우르는 현대 심리학

개론에 관한 책일지도 모른다. 그 책을 읽은 후 난 의식과 무의식의 경계에 갇힌 것 같은 느낌을 받았다. 영화 '존 말코비치 되기'가 거기서 영감을 얻었다는 것은 나중에 알았다. 차수림과의 꿈속 조우는 꿈과 현실 사이에 끼어 허우적대는 날 발견하는 도화선이 되었다. 만일 이 꿈에서 깨면 악몽보다 더 끔찍한 현실이 기다리고 있겠지. 악몽 속에서도 난 현실을 걱정했다.

눈을 떴다. 시계를 보니 역시 새벽 5시였다. 어둠과 빛이 팽팽한 균형을 이루는 때다. 창문 너머 24시간 편의점과 해장국집 간판 불빛이 반짝거렸다. 방 안으로 들어온 빛은 벽에 걸어 놓은 자화상을 비추었다. 어두웠다 밝아지기를 반복하는 내 얼굴. 침대 끝에 앉아 눈동자가 없는 나를 한참 쳐다봤다. 그림도 날 노려봤다.

'답은 당신 안에.'

차수림이 내게 다가와 또 다정하게 속삭였다. 연필을 찾았다. 필통 안에는 붉은색 볼펜만 있다. 적색은 눈알 색깔에 어울리지 않는다. 날 밝으면 데생용 연필을 사 와야겠다.

* * *

흥신소 남자를 다시 만났다. 그는 김미선의 행방을 찾았다고 했다.

"지금 어디 있습니까?"

"그게 말입니다."

그가 서류 한 장을 꺼내 보여주었다. 가족 관계 증명서였다. 김미선이라는 이름 옆에 사망이라고 적혀 있었다.

"실종된 지는 꽤 됐지만 겨우 2주 전에 시신이 발견됐어요. 야산에 묻혀 있다가 산사태로 우연히 사체 일부가 노출됐답니다. 부패 정도가 심해 DNA 검사로 간신히 김미선이라는 것을 알아냈대요."

"발견 장소가 어디였나요?"

"곰배령 근방입니다. 강원도 인제군에 있는 야산."

차수림이 살해당한 곳과 같았다.

"혹시 알몸 상태로 발견됐습니까?"

"그걸 어떻게 아셨어요?"

벌거벗겨진 상태로 매장되었다는 것은 부검 결과 밝혀졌다. 시신 주변에 옷가지나 개인 소지품도 전혀 없었다. 살해된 시각, 방법, 시신의 상태 등을 물었다. 모든 것이 차수림의 죽음과 유사했다. 심지어 나이도 비슷했다.

"범인은 잡았습니까?"

"아니요, 범행 장소가 워낙 외진 데다 사망 시각도 새벽이라 목격자가 전혀 없었답니다. 지역 신문까지 죄다 뒤져봐도 더 자세한 내용은 없더라고요. 아포리즘 살인자의 소행으로 보인다, 죽은 여자는 놈의 몇 번째 피해자다, 뭐, 그 정도가 다였죠."

"아포리즘 살인자?"

"뉴스나 신문 같은 것은 잘 안 보시나 봐요? 그 유명한 연쇄 살인범을 모르시다니. 시신의 몸뚱이 어딘가에 금언이나 경구 같은 글귀를 써넣어서 그런 별명이 붙었어요. 게다가 놈은 시체의 눈알을 파내버리는 변태 같은 짓도 하죠. 에, 아포리즘이란 말은, 쉽게 말하면……."

"아포리즘이 뭔지는 압니다. 충고나 처세술을 내포한 격언, 속담, 지혜와 교훈을 담은 잠언과 달리 독자적인 창작으로 순수성에 가치를 더 두는 것. 장 폴 사르트르의 '타인은 지옥이다.' 마르셀의 '삼인칭은 현존이 아닌 부재다.' 니체의 '신은 죽었다.' 같은 것."

흥신소 남자는 겸연쩍게 뒷머리를 긁적였다.

범인은 연쇄살인범이었다. 그것도 악명 높은 아포리즘 살인자. 김미선과 차수림은 모두 놈에게 당했다. 우연의 일치를 이해할 수 없었다. 흥신소 남자에게 놈에 대해 자세히 물었다.

"추적 60분 같은 데서 놈에 관해 다룬 적이 있어요. 프로파일러가 이렇게 말하더군요. '아포리즘 살인자는 비전형적인 사이코패스 패턴을 보인다. 그래서 찾아내기가 매우 까다롭다.' 강력 범죄의 경우 현장 증거를 통해 사건을 재구성하고 거기서 범인을 특정합니다. 특히나 연쇄살인범의 경우 그간의 데이터 분석을 통해 꽤 정확하게 한정할 수 있어요. 30대 화이트칼라 남성, 운동을 좋아하고 높은 지식수준을 가짐, 미혼, 취미는 이렇고 저렇고. 그런 식으로요. 하지만 놈의 경우는 어떤 패턴에도 잘 맞지 않는다고 하더군요. 사이코패스는 보통 타인의 고통이나 슬픔을 공감하지 못한다고 알려졌지만 놈은 달랐대요."

"어떻게요?"

"보통 사람 이상의 공감 능력을 갖추고 있는 것 같다, 프로파일러는 그렇게 믿더군요. 몸 어딘가에 암호 같은 글을 남기는 행동을 비이성적 속죄 의식이라고 하는데, 이런 행위를 통해 죄책감을 덜고 나름 망자에 대해 예의를 표하는 거랍니다. 마치 자신이 신탁자나 된 듯이."

잔금을 치렀다. "종종 이용 부탁드립니다."라는 인사말을 끝으로 흥신소 남자는 자리에서 일어나려고 했다. 그를 붙잡았다.

"이 사람들에 대해서도 조사를 부탁할까 합니다."

핸드폰 속에 저장한 5007호의 백발노인과 콧수염 남자 사진을 보여주었다. 사진을 보자마자 그는 헛웃음을 터트렸다.

"허허. 지금 농담하십니까?"

"네?"

"정말 동굴에 살다 오신 분 같아요. 아니, 이 머리 하얀 사람을 몰라요? 장석호 회장이잖아요. 금룡 그룹 회장. 아, 지금은 은퇴해 명예 회장이지. 그때 무슨 사건으로 일선에서 사퇴했었는데? 뇌물 스캔들이었나. 탈세? 뭐였지? 잘 생각이 안 나네. 아무튼, 그때 이후 건강도 나빠지고 해서 물러났을 겁니다."

중절모를 쓴 백발노인은 장석호 회장이었다. 그의 회사는 시골의 작은 약 도매상으로 시작해 현재 제약 분야에서 국내 최고를 달리고 있다. 요즘은 매스컴에도 전혀 오르내리지 않아 얼굴조차 잊었다.

"이 양반도 많이 늙었네. 재벌도 세월은 못 비켜나가는 모양입니다. 그리고 그 옆의 콧수염 기른 남자는 음, 잘 모르겠군요. 처음 보는 얼굴이네요. 근데 이거 어디서 구한 사진인가요? 화질도 좀 이상하고 촬영된 각도도 수상쩍어 보이는데."

"비용은 얼마가 들어도 좋으니, 장 회장과 콧수염 기른 남자를 조사해 주시겠습니까?"

흥신소 남자의 능글거리는 입가가 갑자기 딱딱하게 굳어버렸다. 의심스러운 눈초리로 내 위아래를 살펴보았다. 도대체 무슨 일이 있는 거냐는 질문이 마구 쏟아져 나올 것만 같다.

일상의 행복

커튼 사이로 빛이 들어왔다. 어느새 새벽이 되었다. 카를 G 융의 《인간과 상징》을 빌려 올 때 만 해도 이렇게 두꺼운 정신 분석 책을 하룻밤 사이에 다 읽어버릴 것이라고는 생각 못 했 다. 책을 큰 소리가 나게 덮었다. 책장에 꽂았다. 뒤쪽에서 찍 고 있는 카메라에 잘 잡히도록 천천히 집어넣었다. 하지만 렌 즈를 통해 볼 수 있는 것은 책을 꽁꽁 감싼 꽃무늬 포장지뿐일 것이다. 내가 읽는 책이 무엇인지 다른 누군가가 본다는 사실 은 내게 꽤 껄끄러움을 준다. 몰래카메라 앞에서 벌거벗고 섹 스를 하는 것만큼.

문구점에서 사 온 데생용 연필을 연필꽂이에서 꺼냈다. 이면 지에 조금 칠해보았다. 굵은 흑심이 미세하게 바스러지면서 진한 색을 만들었다. 일반 연필과는 달랐다. 뭐랄까. 새 스케이트를 신고 매끄럽게 다듬은 빙판을 타는 느낌이 났다.

벽에 걸린 자화상을 떼어내 책상 위에 놓았다. 프레임이 책상을 꽉 채웠다. 천장 형광등을 끄고 스탠드만 켰다. 그림 속 얼굴이 불빛에 노랗게 물들었다. 연필을 손에 쥐었다. 눈동자를 칠하기 시작했다. 연필 문지르는 소리가 방 안 가득 찼다. 왼쪽 눈을 다 칠했다. 창가에 그림을 세워놓고 뒤에서 바라보았다. 날 향해 윙크하는 것 같다. 이렇게 그려 놓아두는 것도 나쁘진 않겠다는 생각이 들었다.

밖이 밝아왔다. 창문을 열었다. 새벽 공기가 파도처럼 밀려들어왔다. 태양이 건너편 건물 옥상 4분의 1 지점에 걸쳐 있다. 성긴 구름은 막 달아오르기 시작하는 햇빛을 머금고 핏물에 적셔진 알코올 소독용 솜처럼 벌겋게 변해갔다.

'난 이런 장면이 좋아요. 막 떠오르는 아침 태양.'

'왜요?'

'온통 붉은색이잖아요.'

영화관에서 차수림과 나눈 대화를 떠올렸다. 오른쪽 눈을 칠하기 시작했다.

사각사각.

사각사각.

무언가가 나타났다. 숫자 6이었다. 9가 보였다. 3이 그 뒤를 이었다. 6, 9, 3. 계속 칠했다.

9, 3, 7. 여섯 자리 숫자가 오른쪽 눈에 하얗게 떠올랐다. 숨겨진 문자였다. 손으로 만져보았다. 숫자에 흑연에 반응하는 어떤 물질을 발라놓은 것 같았다. 아주 작아, 폭이 몇 밀리미터밖에는 되지 않았지만 뚜렷한 숫자였다.

머릿속에서 번개가 치는 것 같았다. 아주 짧은 시간 동안 무수히 많은 시그널이 전두엽부터 후두엽까지 신경망을 따라 빛의 속도로 날아다녔다. 한동안 아무것도 하지 못하고 깊은 심호흡을 할 수밖에는 없었다. 내 뒤통수를 찍고 있는 카메라가 걱정됐다. 처음 감시 카메라의 존재를 알았을 때 같은 극도의 불안감이 느껴졌다. 숫자를 눈으로 보고 입으로 외웠다. 지우개로 검은 눈동자를 깨끗이 지웠다. 숫자는 모두 사라졌다. 그림 속 나는 다시 아무것도 볼 수 없는 백태 낀 장님으로 돌아갔다. 자화상을 벽에 걸었다.

침착하자. 평상시처럼 행동하자. 자연스럽게. 기지개를 켰다. 목과 어깨를 주무르고 스트레칭을 했다. 출근할 때 입는 옷을 꺼내 침대 위에 놓았다. 잠옷을 모두 벗었다. 벌거벗은 채화장실로 들어갔다. 문을 닫았다. 샤워기를 세게 틀었다. 물소리가 요란하게 났다.

비밀 벽을 열었다. 0부터 9, 열 개의 숫자 버튼과 오픈, 클로즈라고 쓰인 붉은 버튼의 키패드가 나타났다. 콘크리트 벽

속에 갇힌 철제 상자는 오늘따라 더 뚱한 표정으로 날 봤다. 693937. 숫자를 하나씩 눌렀다.

띠리리.

처음 들어보는 경쾌한 전자음이 났다.

덜컥.

플라타 오 플로모사의 M42-A형 안전 금고문이 조금 열렸다. 손끝이 가늘게 떨렸다. 철문 손잡이를 잡았다. 천천히 당겼다. 서늘한 묵직함이 느껴졌다. 굳게 닫혀 있던 문이 조용히 열렸다. 안을 들여다보았다.

***

날이 화창했다. 일하기 더할 나위 없이 좋은 날이다. 오늘은 수원 시내 복합 상가에 두 건, 천안 아파트 단지 내에 세 건, 신규 설치와 AS 일정이 잡혀 있다. 꽤 바쁜 하루가 될 것 같다. 최경식 대리는 고속도로를 달리는 내내 힐끔거리며 날 훔쳐봤다.

"내 얼굴에 뭐라도 묻었어요?"

"그게 아니라……."

"그럼요?"

"오늘따라 기분이 좋아 보여서. 무슨 일 있어?"

난 조수석 햇빛 가리개를 내렸다. 붙어 있는 거울로 얼굴을 살폈다. 만면에 웃음기를 숨기지 못하는 내가 보였다. 입가를 주물렀다. 최경식 대리에게 물었다.

"오늘 저녁, 시간 괜찮아요?"

"나야 늘 남아돌지. 왜? 설마 같이 책 사러 서점 가자는 말은 아니겠지?"

"저녁에 술 한잔하시죠."

"뭐?"

"제가 쏠게요. 곱창에 소주로."

"세상에 웬일이야? 규호 씨가? 술을? 오메, 살다 보니 정말 별일도 다 있네."

놀라움은 곧 호쾌한 웃음으로 바뀌었다. 나도 그를 따라 크게 웃었다.

뻥 뚫린 고속도로를 시원하게 달려보는 것은 참 오랜만이다. 차는 쏜살같이 IC를 향해 내달렸다. 창문을 열었다. 바람이 요란한 소리와 함께 안으로 몰아쳤다. 앞머리가 깃발처럼 펄럭거렸다. 머릿속에 박하사탕을 녹여 풀어 넣은 듯한 청량감이 들이쳤다. 차가운 콜라와는 비교할 수도 없을 정도로 상큼했다. 바람은 뇌가 띵하도록 시원했고 세포를 모두 녹여버릴 만큼 강렬했다.

주치의 박석준의 말은 옳았다. 신경정신과 전문의라는 타이틀은 괜히 얻은 것이 아니었다. 오늘 새벽, '기억의 트리거링'

에 의해 발사된 탄환은 물렁물렁한 회백질 뇌를 뚫고 들어왔다. 총알은 기억의 자물쇠를 산산이 부쉈다. 잠겨 있던 2년간의 기억은 모두 풀렸다. 기쁘다. 행복하다. 이제 나는 온전한 내가 되었다.

　흥신소 남자를 다시 만났다. 그는 분명 사람 찾는 일에 있어서 최고였다. 알아낸 장석호 회장 근황에 관해 말했다. '현재 경기도 어느 시골에서 전원생활을 하고 있다, 일주일에 두 번 골프를 치고 목요일에는 회사 간부들과 모임을 한다, 좋아하는 한식당은 어디다, 분기에 한 번꼴로 해외여행을 다니는데 그때마다 묘령의 여인을 동반한다.' 같은 고급 정보를 주었다.
　"지금도 꽤 규칙적으로 지내더군요. 공원 산책도 늘 같은 시각에 하는 걸 보면."
　"턱수염 남자는 장석호 회장의 측근인가요?"
　"그건 아닌 것 같아요. 이 남자는 과학자예요."
　"과학자?"
　"네, 이름은 오수철이고. 장 회장이 미국의 제약 회사 연구소에서 근무하던 그를 스카우트했다더군요."
　"어떤 분야 전문가죠?"
　"자세한 것은 모르겠습니다. 그가 근무하던 연구소도 알아봤지만 정보가 다 막혀 있더라고요. 뭔가 비밀스러운 연구를 한 것 같긴 한데. 알아낸 것은 말씀드린 게 전부입니다."

오수철 박사. 그가 왜 5007호에서 장석호 회장과 내 사생활을 관찰하고 있었을까. 흥신소 남자는 물끄러미 날 쳐다보다가 갑자기 씩 웃었다.

"강규호 씨 표정이 오늘따라 되게 밝아 보입니다. 무슨 기분 좋은 일이라도 있나요?"

그는 역시 눈치가 빨랐다. 난 그냥 웃기만 했다. 약속한 조사비보다 더 많은 금액을 건넸다. 흥신소 남자는 과장되게 좋아했다.

"뭘 이렇게나 많이……."

"그동안 여러모로 도움을 주셔서 감사합니다."

"아이고, 생각해 주시니 되레 고맙습니다. 요즘 바쁘기만 하지 수입도 별로였는데."

"요즘은 어떤 일을 조사 중이신가요?"

"구로역 근방에서 바람난 연놈 모텔 들어가는 증거 사진 찍으려고 밤낮 잠복근무 중이에요. 아, 이런 거 말하면 안 되는데."

그렇게 말하면서도 그는 의처증이 있는 남자로부터 의뢰받은 일에 대해 한참을 더 떠벌렸다.

* * *

꽃을 샀다. 흰색 안개꽃 속에 붉은 라벤더를 한 송이 꽂아 넣었다. 안개꽃은 약속, 라벤더는 영원한 기다림. 그녀가 내게 처음 준 선물과 같다. 꽃집 주인은 추모 공원에 가냐고 물었다. 그렇다고 했더니 그러면 라벤더보다는 아이리스나 호접난, 국화 같은 것이 더 좋다고 했다. 싸구려 조화만 팔다가 생화 찾는 손님을 오랜만에 봐서 그런지 그녀는 묘에 어울릴 만한 꽃에 대해 이런저런 설명을 했다. 내가 별다른 반응을 보이지 않자 여기 오는 조문객 중에 안개꽃과 라벤더를 사는 손님은 처음이라고 했다. "그런 건 애인에게나 주는 거지." 혼잣말처럼 말하면서 제 할 일을 하는 아줌마를 뒤에 두고 가게를 나왔다.

추모 공원 공용 주차장에 차를 세웠다. 출입구를 지나 천천히 걸었다. 산허리와 산등선을 따라 고슴도치 바늘처럼 꼿꼿하고 촘촘하게 세워진 비석들이 보였다. 오와 열을 자로 잰 듯 서 있어 마치 열병에 참여한 군인들 같았다. 공원은 엄청나게 넓었다. 헤아릴 수도 없을 만큼 많은 망자들로 뒤덮인 산을 달랑 종이에 적힌 위치만으로 찾긴 힘들 것 같았다. 공원 안내 센터로 들어갔다. 제복을 입고 있는 젊은 여자에게 종이를 건넸다.

"여기를 찾고 있습니다."

"구름 묘역이네요. B-35-2. B 구역은 청솔 묘역 바로 옆에 붙어 있어요. 이 지도 보세요. 이 길을 따라 계속 위로 올라가시다가 삼거리 정자 있는 곳에서 좌측으로 한 5분 정도 가시면

됩니다. 잠깐만요. 어머, 35-2 구역이네? 여긴 지금 공사 중일 텐데."

여자는 데스크에 앉아 컴퓨터를 만지작거리던 남자 직원에게 물었다.

"B-35-2 구역 공사 끝났어요?"

"아니, 한창인데."

"이분께서 거기를 찾아오셨어요."

남자가 물었다.

"고인 성함이 어떻게 되시죠?"

"차수림입니다."

컴퓨터로 조회를 했다. 이름과 나이를 다시 확인했다.

"이분 장지는 구름 묘역 B 구역이 아니라 거북 묘역 A 구역입니다."

"그럴 리가요."

"처음엔 구름 묘역으로 하셨다가 나중에 바꿨어요. 그쪽은 터가 별로 좋지 않다고 하시면서."

"누가요?"

"차수림 씨 동생분이요."

남자는 혹시나 문제가 생긴 것은 아닌지 걱정하는 눈치였다. 살아 있을 때는 관계가 어땠을지 몰라도 일단 돈이 많이 드는 고급스러운 가족 공원 묘역에 안장되는 순간, 사소한 것 하나라도 틀어지면 죽자고 덤비는 꼴을 여러 번 보았기 때문일 것이다. 그는 책상에서 일어나 슬금슬금 내 앞으로 다가왔다.

난 얼굴을 찡그렸다. 일부러 과하게 인상을 썼다. 남자의 반응이 보고 싶었다. 이유는 단순히 그것뿐이었다. 한마디를 더해 불안감을 조성했다.

"수림 씨는 동생이 없는데요?"

남자는 몹시 당황했다. 캐비닛을 열어 장부를 일일이 확인하고 컴퓨터로 계약서를 살펴봤다. 그러더니 여직원과 구석에서 뭐라고 속닥였다. 잠시 후 남자가 두 손을 모으고 공손히 다가왔다.

"혹시 고인과는 어떤 관계이신지……."

"결혼할 사이였습니다."

"아!"

그는 탄식 비슷한 소리를 냈다. 남자 표정은 더 어두워졌다.

남자 직원과 함께 차수림이 묻힌 거북 묘역 A 구역으로 갔다. 장소는 공원에서 제일 높은 곳에 있었다. 묘역 전체가 한눈에 내려다보였다. 그는 부드러운 미소를 지으며 최대한 친절하게 행동했다. 이 장소가 원래 묻히려고 했던 구름 묘역보다 백배는 더 좋다고 말했다. 가격은 말할 것도 없고 주변 경관이 훌륭하다는 이유였다. '처음 공원을 만들 때 아주 유명한 풍수지리 대가를 모셔 왔다. 최고의 못자리가 바로 내가 서 있는 발 아래다.' 같은 묻지도 않은 설명까지 했다. 내가 한마디 대꾸도 없이 미간에 힘만 주고 있으니까 그는 바로 고개를 조아렸다.

"부디 저희 직원의 실수를 용서해 주십시오. 뭔가 착오가 있었던 것 같습니다. 지금은 구름 묘역이 모두 예약이 끝난 상태로 들어갈 자리도 없습니다. 같은 가격에 여기로 정하신 건 정말 횡재하신 겁니다. 선납하신 1년 치 관리비도 반값으로 해드릴 테니……."

그렇게 한참 애걸을 들어야만 했다. 그로서는 더 큰 골치 아픈 일이 발생하기 전에 할 수 있는 유일한 방법이었을 것이다. 난 변명을 듣는 것도 슬슬 지겨워졌다.

"알겠습니다. 그만 내려가 일 보시지요. 난 여기서 좀 더 기다려야 하니까요."

"함께 참배하실 분이 있나요?"

"좀 있다가 그녀가 오기로 했거든요."

"네?"

"수림 씨요. 여기 묻힌 차수림 씨. 그런데 걱정이에요. 몸이 묻힌 장소가 바뀌어서요. 수림 씨는 길눈이 어두운데 잘 찾아올지 어떨지, 그게 걱정입니다."

뒤에서 혀 차는 소리가 들려왔다. 미친놈. 그런 비슷한 소리가 들리는 것 같기도 했다.

차수림이라고 쓰여 있는 묘비 옆에 앉았다. 손바닥으로 돌을 만져봤다. 얼음처럼 찼다. 가방에서 휴지를 꺼내 비석을 구석구석 깨끗이 닦았다. 묘 주변에 자라난 잡초도 손으로 다 뽑았다. 지저분하게 주변에 깔린 나뭇잎, 가지, 잔돌도 모두 치웠다. 가방에서 밀란 쿤데라의 《불멸》을 꺼냈다. 읽다 만 페이지를 펼쳤다.

'화성에서의 삶이 고통뿐이고 화성의 돌멩이들이 고통으로 아우성을 친다고 해도 우리는 별 감동을 하지 않네. 화성은 우리 세상이 아니기 때문이지. 세상을 등진 사람은 세상의 고통에 무감각한 법이라네. 잠시나마 그녀를 고뇌로부터 빠져나오게 한 유일한 사건은 그녀의 어린 강아지가 병들어 죽은 일이네. 그녀의 이웃은 분개했지. 그 아가씨가 사람에겐 정이 없고 강아지가 죽으니까 운다고 말이네. 그녀가 강아지의 죽음을 슬퍼한 이유는 강아지가 그녀의 세계에 동참했기 때문이야. 개는 그녀의 목소리에 대꾸했지만, 사람들은 대답하지 않았잖은가.'

강아지가 그녀의 세계에 동참했다는 남자의 말을 반복해 읽었다. 책을 거의 다 읽을 무렵 핸드폰으로 문자가 날아왔다. 박석준 정신 건강 클리닉으로부터였다.

〔안녕하세요? 강규호 씨. 약속하신 상담 방문 날짜가 한참 지났습니다. 전화를 드렸지만, 연락이 되질 않네요. 그래서 이렇게 문자 남깁니다. 박석준 선생님께서도 걱정 많이 하십니다. 이번 주 안에 꼭 병원에 오세요. 약은 잘 드시고 있죠?〕

병원 전화번호를 스팸으로 등록해 모든 수신을 차단했다.

제5장

우리는 모두 죽는다

"업무 역량 증진과 단합을 위한 제6회 등반 대회"는 성황리에 끝났다. 늘 그렇듯 김형석 사장은 폐회사에서 장황한 연설을 늘어놓았다. 직원들은 긴 산행에 피곤했지만 꼼짝없이 서서 그의 얼굴만 바라봐야 했다.

계획이 예정보다 한 시간이나 늦어졌다. 저녁은 등산로 입구에 있는 산장 식당이었다. 백숙과 파전이 미리 준비됐다. 테이블마다 막걸리도 올라왔다. 김형석 사장은 세 번째 건배사를 외쳤다. 이번이 마지막 잔이 되길. 모두의 얼굴에 그렇게 쓰였다. 그의 재미없는 농담은 끝날 기미가 보이지 않았다. 어렵게 연결받은 소개팅이 오늘 밤에 잡힌 최경식 대리는 아까부터 안절부절못했다. 혹시라도 늦을까 연신 시계만 확인했다.

모임이 파장할 무렵 나는 계산대 옆에 진열된 판매용 막걸리를 한 병 샀다. 자판기에서 커피도 뽑았다. 밖으로 나갔다. 운전기사는 차 시동을 켜놓은 채 사장을 기다리는 중이다. 그는 차에 기대고 서서 하염없이 가게 입구만 바라보고 있었다. 얼굴에 피곤이 묻어났다. 그에게 다가가 물었다.

"오늘 같은 날은 한잔하고 싶으시겠어요."

그가 씩 웃으며 고개를 절레절레 저었다.

"원래 남들 놀 때 바쁜 직업이 운전기사니 어쩔 수 없어요. 집에 가서나 해야죠."

"올 때처럼 두 분이 함께 타고 가시는 거죠? 사장님하고 이병우 팀장님."

"네."

막걸리를 그에게 내밀었다.

"오늘 제일 고생하셨는데 집에 가서 드세요."

기사는 입이 귀에 걸렸다. 커피도 건넸다.

"이 집은 커피도 맛있네요."

"뭘 이런 걸 다……"

그는 금세 커피를 비웠다.

직원들이 우르르 식당 밖으로 나왔다. 김형석 사장은 비틀비틀 걸었다. 몸을 가누기 힘들 만큼 만취 상태였다. 옆에서 이병우 팀장이 부축했다. 차 안으로 들어가려는 순간 최경식 대리가 허둥지둥 달려왔다. 급한 일이 있어서 그런데 산 아래 택시 정류장까지 태워다 주시면 안 되겠냐고 물었다. 사장은 알코올에 푹 젖은 관대해진 목소리로 그러라고 했다.

난 최경식 대리에게 말했다.

"최 대리님, 같이 버스 타고 가시죠."

최경식 대리는 한쪽 눈을 찡긋거리며 조그맣게 말했다.

"알잖아? 나 오늘 밤에 약속 있는 거."

그는 뒷좌석의 이병우 팀장 옆에 앉았다. 사장은 앞자리 창문을 열었다. 벌게진 얼굴로 배웅하는 직원들을 향해 손을 흔들었다. 나와 눈이 마주쳤다. 그가 소리쳤다.

"자넨 정말 최고야!"

사장은 주먹을 쥐고 위아래로 흔들며 파이팅 자세를 취했다. 이병우 팀장은 미소를 지어 보였다. 날카로운 눈매가 오늘따라 둥글고 부드럽다. 모두 날 바라보며 웃었다. 난 열린 창문을 잡고 말했다.

"이병우 팀장님."

"네, 강규호 씨."

"요즘도 칼리 아르니스 하시죠?"

"그럼요."

"저도 정식으로 배우려고 집 근처 아르니스 도장에 등록했어요."

"오호, 그래요? 거, 잘됐네. 조만간 다시 한번 겨뤄봅시다."

"기회가 있다면요."

차 창문이 천천히 위로 올라갔다. 선팅이 된 검은 유리창 위로 고개 숙이는 직원들의 모습이 비쳤다. 구불구불한 산길을 따라 검은색 승용차가 내려갔다. 차는 곧 시야에서 사라졌다.

소식은 밤 9시쯤에 받았다. 전체 직원에게 보낸 긴급 문자였다. 직원 단톡방으로도 메시지가 전달됐다.

〔전 임직원들께서는 즉시 A 대학 병원 영안실로 오시기 바랍니다. 출장 등으로 연락이 닿지 않는 직원들에게도 신속히 전파 바랍니다. 인사과 과장 드림.〕

자가용은 내리막길에서 미끄러져 언덕 아래로 굴렀다. 김형석 사장과 최경식 대리는 그 자리에서 사망했다. 중상을 입은 이병우 팀장과 운전기사는 응급실로 이송 중 사망했다. 운전기사가 실려 가면서 계속 헛소리를 했다는 말을 장례식장에서 들었다. 기사는 숨이 끊기기 직전까지 구급차에 괴물이 함께 탔다며 공포에 질려 있었다.

직원들이 병원에 속속 도착했다. 조금 전까지 함께 웃고 떠들던 이들의 갑작스러운 죽음을 누구 하나 믿지 못했다. 흐느끼는 소리가 여기저기서 들려왔다. 난 장례식장에서 나와 1층 휴게실로 갔다. 편의점에서 우유를 샀다. 뉴스에서 오늘 사고 소식이 나오는지 이리저리 TV 채널을 돌렸다. 우유를 마셨다. 맛이 달았다. 이런, 잘못 샀네. 바나나 맛이었다.

***

　주치의인 박석준과 한 시간 정도 상담을 했다. 왜 이렇게 오랜만에 왔냐며 질책 아닌 질책을 받았다. 예전이나 지금이나 상담 내용은 비슷했다. 언젠가 들은 것 같은 질문에 언젠가 대답한 것 같은 답을 했다. 기억 노트를 살펴봤다. 새로 적어 넣은 것들을 유심히 읽었다. 그는 얼굴에 가득 웃음을 담으며, "최근엔 많이 쓰셨네요, 적극적인 모습이 참 보기 좋습니다." 하고 말했다. 약을 처방해 주었다. 난 가방에서 예쁜 포장지로 싼 책을 꺼내 그에게 주었다.

　"생일 선물입니다. 선생님."

　"어? 어떻게 내 생일인 줄 아셨어요?"

　"수간호사님에게 들었습니다. 늘 잘 상담해 주신 것에 대한 제 작은 성의입니다."

　그는 고맙다며 책을 받았다.

　"꼭 읽으셔야 합니다. 다음에 왔을 때 이 책에 관해 상담할 겁니다."

　박석준은 내 말이 재미있는지 깔깔거리며 웃었다.

며칠 후 정신 건강 클리닉 홈페이지에는 당분간 휴업한다는 공지 사항이 올라왔다. 병원에 전화했다. 간호사에게 박석준의 근황에 대해 물었다. 내 신원을 확인한 간호사는 사정을 이야기했다. 선생님께서 지난 주말 밤, 집 서재에서 숨진 채 발견됐다며 그녀는 울먹이는 목소리로 말했다.

뉴스 포털 사이트에는 사건 사고 뉴스가 시시각각으로 올라온다. 셀 수도 없을 만큼 많은 인터넷 신문사들은 같은 기사를 복사하고 편집해 붙여 넣기를 하며 자가 증식을 해댔다. 오후쯤에는 "구로역 괴물 사망 사건"이라는 키워드가 상위 랭크로 올라왔다. 기사를 찾아 클릭했다. 특이하게도 기사는 페이크 다큐멘터리식으로 작성되었다.

남자는 흥신소 사장이었다. 주특기는 사람을 찾는 것이다. 그날도 10년 넘은 낡은 차 안에서 누군가의 의뢰를 받고 잠복 중이었다. 투철한 직업 정신은 그를 며칠 동안 집에 가지 못하게 만들었다. 그는 마지막으로 모텔에서 나오는 불륜 남녀의 사진을 몇 장 더 찍었다. 한 장에 얼마, 야근 수당 얼마, 야식비 얼마. 남자는 머릿속으로 의뢰인에게 추가 청구할 비용을 계산하면서 행복에 젖었을 것이다. 그날 밤, 그의 친절한 동료가 건네준 음료를 받아 마시면서 말이다.

수많은 사람이 지나는 구로역 지하철 3번 출구 지하에 있는 무인 사물함 앞에서 그는 이상한 행동을 시작했다. 감시 카메라에 찍힌 마지막 모습은 요즘 유행하는 인터넷 단어처럼 '괴랄'하기 짝이 없었다. 몇 초마다 주변을 두리번거렸고 머리를 심하게 긁적였다. 자리에 반복적으로 주저앉았다가 일어났다. 반경 1미터를 다람쥐처럼 한 방향으로 빙빙 돌았다. 이상한 춤을 추고 노래를 불렀다. 심지어 물구나무를 서기도 했다. 그는 지하철에서 우르르 몰려나오는 사람들을 붙잡고 소리쳤다.

"괴물이 온다! 어서 피해!"

남자는 자동 매표 기계에 머리를 있는 힘껏 박기 시작했다. 놀란 시민들은 비명을 질렀다. 역무원들이 뛰어와 말렸지만 소용없었다. 피범벅이 된 그는 승강기 문을 향해 돌진했다. 철문을 뚫고 그대로 지하로 추락했다. 주변은 온통 피바다였다.

"이런 미친놈 때문에 지하철 타기가 겁난다. 제발 정신병자들은 나라에서 제대로 관리 좀 해줘요." 등등 댓글들이 기사 아래 주르륵 매달렸다. 나는 다른 기사는 없는지 더 검색했다.

* * *

오랜만에 찾아온 깊은 잠이었다. 악몽은 이제 사라졌다. 숙면은 낮의 작업 능률을 높여주었다. 피곤이 덜했고 집중력도 높아졌다. 책을 읽을 때도 훨씬 빨리, 더 잘 이해할 수 있었다. 활자는 스스로 살아나 머릿속에 저장됐다. 좋은 문장이 있으면 여러 번 읽었다. 되새김질을 위해 위 속의 반쯤 삭힌 음식을 입으로 꺼내 수시로 음미하는 암소처럼 숨겨진 뜻을 곱씹었다.

요즘은 미술에 관한 책을 읽기 시작했다. 어떤 책으로 시작해 볼까 고민하다가 곰브리치의 《서양 미술사》로 정했다. 책은 연대기적 미술사를 단순히 해석하고 설명하는 것 이상이었다. 인간 기원과 본성, 시대 예술을 통한 성찰, 심미적이며 철학적인 문제의식으로 수천 년 동안의 인간 삶을 살펴볼 수 있었다.

"미술의 모든 역사는 숙련에 관한 진보의 이야기가 아니라 변화하는 생각과 요구에 대한 것이다."라는 구절은 단연 최고였다. 난 저자의 말에 동의할 수밖에는 없다. 내 과거 또한 변화하는 생각과 요구에 대한 처절한 투쟁이었으니까.

책의 거의 마지막에 도달해서야 내가 알고 싶어 하는 초현실주의에 대한 챕터가 나왔다. 거기에는 마그리트 외에 많은 예술가가 있었다. 막스 에른스트, 살바도르 달리, 아쉴 고르키, 한스 호프만, 잭슨 폴록, 빌렘 드 쿠닝, 프란츠 클라인, 클리퍼드 스틸, 로버트 마더웰, 아돌프 고틀립, 제임스 브룩스. 그들의 이야기를 읽었다. 더 자세히 알고 싶으면 인터넷을 뒤졌다.

소개된 화가 중 막스 에른스트라는 사람의 작품이 특히 마음에 들었다. 〈뼈다귀의 아교질을 빼내는 데 필요한 준비 과정〉, 〈똑딱 소리를 내는 눈물샘〉. 작품 제목만으로도 날 사로잡기 충분했다. 그가 화가가 된 계기는 작품만큼 매력적이다. 에른스트는 원래 정신의학을 공부했다. 독일 본 근교의 정신병자 요양소에 실습 강의를 들으러 갔다가 그곳 환자들이 그린 그림과 조각을 보고 크게 감동을 하였다고 한다. 그 후 의학을 포기하고 화가가 되기 위해 그림 공부를 시작했다.

난 그의 대표작인 '가정의 수호천사'가 제일 좋았다. 괴물 같기도 하고, 바람에 날리는 천 조각 같기도 하고, 벌판에 기괴한 모양으로 자라난 고목 같기도 한 '수호천사'를 바라보고 있자니 오랫동안 버려진 날 안아 보듬어 주는 것만 같았다. 글이나 말로 표현하기 어려운 것을 한 장의 종이에 담을 수 있다는 것. 그건 인류가 만들어낸 가장 매혹적인 전달 방법이다. 이런 세계를 좀 더 일찍 알았다면 차수림과 더 많은 이야깃거리가 있었을 것을……. 후회됐다.

문득 벽에 걸린 자화상 옆에 이 작품을 함께 두면 잘 어울리겠다는 생각이 들었다. 유명 작품을 모사해 파는 인터넷 미술 상점에서 '가정의 수호천사'를 찾아 주문했다.

회사 생활도 달라졌다. 난 동료들과 사적인 이야기도 많이 나누었다. 술자리에도 곧잘 어울렸다. 동료 중 한 명이 말했다.

"요즘 많이 밝아진 것 같아요."

"그래요?"

"처음 입사했을 때처럼."

"그땐 어땠는데요?"

"말도 재미있게 하고 사람들하고 잘 어울렸잖아요."

난 씩 웃었다. 자연스럽게.

"이제 몸은 다 나은 거죠?"

"그런 셈이죠."

둘러싼 모든 것은 한꺼번에 제자리로 돌아왔다. 메마른 사막에서 열대성 폭우, 스콜을 맞닥뜨린 것처럼, 난 매 순간 마술적 청량감을 느꼈다. 요란한 소리를 내며 떨어지는 마음의 빗줄기는 강철 심을 박아 만든 커튼처럼 굵고 튼튼하고 촘촘했다. 그 안에 있으면 안전할 것이다. 난 오래 살고 싶다. 더 많은 책을 읽고 더 많은 생각에 빠져 지내고 싶다. 수백 년 전의 현자들이 말했던 것처럼 삶은 그럭저럭 살 만한 것이다. 풍요로운 미래를 위해 이제 다시 시작할 때가 왔다.

마그리트의 껍질

불을 켰다. 미완성 그림, 빈 캔버스, 이젤, 팔레트, 물감 통 등은 미리 한쪽으로 치워놓았다. 창문 위로 덧대어 놓은 판자도 다시 점검했다. 천장과 벽을 가득 메운 엠보싱 방음장치는 든든한 방패막이 됐다. 이곳의 어떤 소리도 차단해 줄 것이다. 하지만 생각해 보니 소리가 밖으로 새어 나가도 그리 문젯거리가 될 것 같진 않다. 밤 10시, 경기도 양평의 깊은 산속, 폐교를 개조해 만든 미술관 근처에서 인적기를 찾기는 힘들 테니말이다.

의자에 묶여 있는 남자에게 다가갔다. 운동복 차림의 그는 고개를 푹 숙이고 있었다. 머리를 잡고 뒤로 넘겼다. 쭈글쭈글한 목이 고장 난 인형의 머리통처럼 맥없이 흔들거렸다. 뺨을 툭툭 쳤다. 움찔거리기만 할 뿐 눈을 뜨지 못했다. 눈꺼풀을 손으로 열어 눈동자를 확인했다. 아직 약 기운이 덜 풀린 것 같다. 암모니아 희석한 물을 손수건에 묻혀 남자 코앞에 가져다 댔다. 몇 번 꿈틀대더니 눈을 떴다.

"정신이 드십니까?"

남자는 멍한 눈으로 날 바라보았다. 이어 주변을 둘러봤다. 의자에 묶인 자기 몸을 살폈다. 그제야 상황 파악을 한 것 같았다. 그가 갈라진 목소리로 물었다.

"뭐야……. 여기 어디야?"

"이제 정신이 드셨군요, 장석호 회장님."

"당신…… 누구야?"

옴짝달싹하지 못하면서도 노기는 죽지 않았다. 많은 계열사를 호령하던 눈빛은 여든을 바라보는 나이에도 포식자의 그것처럼 생생하게 살아 있었다.

"제가 누군지 알아보시겠어요?"

장석호 회장은 날 멍하니 바라보았다. 몸이 금세 부들부들 떨렸다.

"너, 넌!"

장석호 회장은 다친 동물의 울부짖음 같은 소리를 내질렀다. 미친 듯이 발광을 했다. 노인이지만 거구의 몸에서 뿜어져 나오는 몸부림은 크고 사나웠다. 하지만 어떤 발악을 해도 의자에 청 테이프로 꽁꽁 묶인 몸은 옴짝달싹하지 않았다. 그는 거친 숨을 뱉으며 나를 잡아먹을 듯 째려보았다.

"이렇게 모셔 오느라 힘들었습니다."

눈동자가 이글이글 타올랐다. 주름진 입술 사이로 유난히 하얀 임플란트 치아가 늑대의 송곳니처럼 빛났다.

"재계에서 은퇴하신 후 회장님의 사생활은 늘 베일에 싸여 있었죠. 언론에 모습을 드러내지도 않고 만나는 사람들도 극히 한정적이고요. 회장님은 은둔자셨습니다. 뵙기 참 힘들었습니다. 하지만 다행히 저를 도와주는 분이 계셨어요. 흥신소에서 사람 찾는 일을 하시는 분이죠. 지금은 안타깝게도 고인이 되었지만 덕분에 회장님에 대한 것을 많이 알게 됐습니다. 사시는 곳은 물론, 무슨 요일에 헬스클럽에 가는지, 언제 골프장에서 지인들과 만나는지, 즐겨 가시는 식당은 어딘지 같은……. 아, 그 연세에 아직도 젊은 여자와 데이트를 하시던데. 참 부럽습니다, 그 넘치는 정력이."

장 회장은 바닥을 발로 찼다. 텅텅 소리가 울려 퍼졌다.

"회장님이 혼자 계실 때는 오직 금요일 저녁 시간뿐이었습니다. 집 근처 공원을 30분가량 규칙적으로 산책하시더군요. 경호원도 없이 말이죠. 이해합니다. 일주일 내내 지친 심신을 위해 홀로 힐링할 시간도 필요할 테니까요. 오늘 전 공원 화장실에 숨어 회장님이 지나가기를 반나절 동안이나 기다렸습니다.

손에는 마취 주사를 들고요. 원래는 오수철 박사님도 함께 모시려 했지만, 해외 출장 중이시라 그러지 못했습니다."

그는 머리를 좌우로 흔들었다. 땀에 젖은 백발이 물결처럼 흔들렸다. 앓는 소리를 내며 두통을 호소했다.

"마취제 후유증 때문입니다. 지금은 어지럽고 가슴도 답답하겠지만 곧 괜찮아질 겁니다. 혹시나 해서 미리 말씀드립니다만, 정신을 잃은 회장님을 업고 차까지 내려오는 동안 감시 카메라나 목격자는 없었으니까 희망은 품지 마십시오."

"네놈이 이러고도 무사할 거라고 생각하나?"

"지금은 제 걱정하실 때가 아닌 것 같군요."

"네까짓 게 감히 나를 협박해!"

난 웃었다.

"껍질 주제에!"

* * *

천장 불빛이 닿지 않는 입구는 어두웠다. 잡동사니처럼 아무렇게나 쌓여 있는 미술 도구들도 짙은 어둠을 만드는 데 한몫했다. 작업실 문이 열렸다. 검은 실루엣이 천천히 걸어 들어왔다. 바닥을 디딜 때마다 또각또각 힐 소리가 울려 퍼졌다. 장석호 회장은 그제야 제삼자가 같은 공간 안에 있다는 것을 깨달았다. 소리 나는 쪽을 돌아봤다. 눈이 휘둥그레졌다. 길고 흰 눈썹이 가늘게 떨렸다.

차수림이 회장 앞으로 다가가 섰다.

"오랜만입니다, 장석호 회장님."

"네가 어떻게……."

"어떻게 살아 있는지를 묻고 싶은 건가요? 아니면 어떻게 배신자가 됐는지 알고 싶은 건가요? 아, 적어도 전자는 아니겠군요. 마그리트의 껍질 최고 책임자가 내 가짜 죽음을 모를 리 없겠죠."

차수림은 내 손을 다정하게 잡았다. 회장은 우리를 잡아먹을 듯이 보았다.

"이 미친놈이랑 연애질하더니 네년 머리가 어떻게 되어버렸구나. 이유가 어쨌든, 배 맞은 연놈들이 무슨 꿍꿍이를 가지든, 그딴 건 관심 없다. 지금쯤 경호원들이 눈에 불을 켜고 날 찾을 것이다. 네놈들은 이제 죽은 목숨이야!"

회장은 목울대가 시뻘겋게 될 정도로 흥분했다. 폐교를 개조해 만든 산골 미술관 지하 작업실 '고통의 심연'에는 노기등등한 고함만이 가득 찼다.

차수림은 노인을 바라보기만 했다. 작고 예쁜 입술에 미소를 머금었다. 제풀에 지치길 기다리는 것임이 틀림없었다. 장 회장의 발악은 멈추지 않았다. 그러면 그럴수록 청 테이프로 묶은 늙은 몸뚱이는 나무 의자에 더욱 단단히 붙어버렸다.

맨주먹으로 대기업을 일궈낸 장석호, 팔십 평생 산전수전을 다 겪은 그였다. 지금 헛된 힘을 빼는 것은 바보짓이다. 상황 개선에 도움이 되지 않는다. 그런 것들을 금세 깨달은 듯했다. 그의 바짝 말라 갈라진 입술에서 피가 흘러내렸다. 혀로 입술을 훔쳤다. 숨을 가다듬은 그가 훨씬 차분해진 말투로 말했다.

"목이 마르군. 물 좀 있나?"

1리터짜리 페트병에 담긴 물을 플라스틱 컵에 따랐다. 입에 흘려 넣어주었다.

"이병우 박사의 사고 소식을 들은 후부터 계속 놀라게 되는구먼. 늙으면 별로 놀랄 일이 없다고 하던데 다 헛소리였어. 내게 바라는 것이 뭔가?"

"마그리트의 껍질에 대해 알고 싶습니다."

그가 차수림을 힐끗 보며 되물었다.

"그걸 왜 내게 묻지? 자네도 이미 충분히 알고 있을 텐데."

차수림이 말했다.

"제가 아는 것이라고는 극히 일부분뿐이에요. 마그리트의 껍질은 철저한 점조직 프로젝트잖아요. 저 같은 사람이 어떻게 숲을 볼 수 있겠어요. 전체를 아울러 아는 이는 오직 세 명뿐입니다. 장석호 회장님, 오수철 박사님 그리고 돌아가신 이병우 박사님."

"이렇게 날 납치해서까지 마그리트의 껍질에 관해 알고 싶은 이유가 뭔가? 참여 연구원으로서의 호기심 때문인가? 아니면 그걸 빌미로 돈이나 뜯어내려고? 혹시 정말로 저놈에게 빠져서인가?"

"이유는 회장님 답변을 들은 후 말씀드릴게요."

그가 잠시 고민을 하는 듯하더니 이내 고개를 가로저었다.

"아니, 아니지. 마그리트의 껍질에 관해 설명해 준들 내가 얻는 이득은 전혀 없어. 난 평생을 장사꾼으로 살았네. 득이 없는 거래는 하지 않아. 어차피 내 대답을 듣고 난 후…… 날 끝장낼 것 아닌가?"

내가 대답했다.

"두 가지만 지켜주시면 저는 회장님 손끝 하나 건드리지 않을 겁니다."

"……"

"마그리트의 껍질에 대해 모두 말해줄 것. 그리고 오늘 일을 무덤까지 가져갈 것."

잠시 침묵이 흘렀다.

"어떻게 자네 말을 믿지?"

"맹세합니다."

그는 여전히 의심의 눈초리를 거두지 않았다.

"하늘에 대고요."

양팔을 의자 손잡이에 꽁꽁 묶은 테이프를 칼로 잘랐다. 이제 팔 정도는 움직일 수 있을 것이다. 편하게 물을 마실 수 있도록 생수병과 컵을 옆 테이블에 놓아주었다. 그는 팔을 한참 주물럭거렸다. 긴 이야기는 시작되었다.

* * *

장석호 회장은 장터 약방에서부터 지금의 금룡 그룹을 일궈내기까지 누구보다 열심히 살아왔다. 하루 네 시간 이상을 자지 않았다. 1년에 쉬는 날도 손에 꼽을 정도였다. 그의 하루는 새벽부터 밤늦게까지 회의와 미팅과 출장과 로비로 빽빽하게 채워졌다. 장 회장 인생에서 휴식이라는 단어는 없었다. 관심사는 오직 돈 버는 것뿐이었다. 불법적인 일도 가리지 않았다. 그래서 주변엔 늘 최고의 변호사들이 있었다. 꽃을 바라보는 소소한 행복, 걸음을 멈추고 주변을 둘러보는 여유, 타인을 위한 봉사 따위는 영원히 남의 이야기일 것만 같았다. 하지만 불행한 사건으로 인해 그의 가치관은 송두리째 바뀌어 버렸다.

장 회장에게는 외동딸이 있었다. 유일한 혈육이었다. 아내는 일찍이 사별했다. 그는 홀로 아이를 키웠고 내리사랑은 깊었다. 바빠도 딸과 관련된 것은 어떻게든 시간을 내려고 했다. 아이는 미대에 들어갔다. 장 회장은 경영 관련 학과에 들어가 가업을 이어주길 바랐지만 딸의 간절한 희망을 꺾진 못했다. 자식을 이기는 부모는 없었다. 결국, 장 회장은 딸의 꿈을 위해 물심양면으로 지원하기에 이르렀고 이탈리아로 유학 보낼 계획까지 세워놨다.

계획은 한낱 꿈으로 끝나 버렸다. 대학 2학년 때였다. 늦게까지 학교에서 실습하다 집으로 오는 길이었다. 딸은 흔적도 없이 사라졌다. 처음엔 돈을 노린 납치범의 소행일 것으로 생각했다. 장 회장은 딸을 무사히 보내만 준다면 얼마든 상관없이 주리라 마음먹었다. 하지만 끝내 전화는 오지 않았다. 뒤늦게 경찰에 수사 요청을 했지만 한 달이 다 되도록 진척이 없었다.

그해 가을, 딸은 충남 어느 시골의 헛간에서 발견되었다. 시신은 벌거벗겨진 채 온몸을 난자당했다. 내장은 모두 밖으로 나왔고 성기는 도려내진 채였다. 눈알도 빠져 있었다. 텅 빈 두 개의 구멍은 녹슨 슬레이브 천장만을 황망히 바라봤다. 상태가 너무 끔찍해 경찰은 죽은 딸을 장 회장에게 바로 보여주지 못했다. 며칠에 걸쳐 시신을 봉합했다. 가짜 눈알도 만들어 끼워 넣었다. 그제야 처음으로 아이의 얼굴을 봤다.

"우리 딸 눈 색깔은 이렇지 않아."

그것은 딸의 얼굴을 본 장 회장의 첫마디였다. 범인은 곧 잡혔다. 심리 검사 결과 그는 사이코패스로 판정받았다. 놈은 유죄판결을 받는 대신 정신병원에 강제 입원하게 되었지만 치료를 받던 중 자해를 해 과다 출혈로 사망했다.

얼마 후 장석호 회장은 회장직에서 물러났다. 표면적으로는 나이가 들어 더는 일선에 있기 힘들다는 이유를 댔지만 진짜 원인은 딸을 잃은 깊은 슬픔 때문이었다. 잔인한 시간은 봄날 한가로운 구름처럼 무심히 흘러갔다. 사람들은 사건을 금세 잊었다. 연일 언론에 나오던 장 회장도 모두의 기억 속에서 사라져 갔다.

어느 날, 두 명의 남자가 장석호 회장을 찾아왔다. 오수철과 이병우라는 사람이었다. 오수철은 뇌 과학 분야의 저명한 과학자였고 이병우는 약리학자였다. 인사가 끝나기 무섭게 오수철이 말했다.

"결론부터 말씀드리죠. 우린 이 사회가 안전하도록 잠재적 범죄자를 완벽하게 통제할 방법을 알고 있습니다. 지금 우리에게 간절히 필요한 것은 회장님의 도움입니다."

오수철은 사이코패스 범죄자에 관한 연구를 오랫동안 해왔다. 그는 미국에서도 의학 자문을 구할 정도로 능력을 인정받는 사람이었다. 이름만 대면 알 만한 일련의 엽기적인 살인 사건들에서 기술 자문으로도 활약했다. 그는 반사회성 인격 장애인들이 지금까지 우리 사회에 저질렀던 강력 범죄에 관해 이야기했다. 그에 따른 사회적 파장과 고통, 남겨진 자들의 슬픔, 관리와 예방이라는 이름의 허울뿐인 제도, 낭비되는 비용, 끝도 없이 발생하는 무고한 희생자에 대해 말했다. 그리고 그 모든 것들의 비효율성에 대해 역설했다.

오수철은 지금까지 수백 명의 분노 조절 장애인의 뇌를 조사했다. 안와 피질, 대상 피질, 측두 피질, 전전두 피질, 변연 피질이나 감정 피질 등, 소위 성격이나 감정을 담당하는 각 부분을 수치화했다. 밀도는 어떤지, 신호 세기는 어떤지, 반응 수치는 어떤지, 얼마나 활성화되어 있는지 꼼꼼히 분석했다. 험난한 연구의 끝은 창대했다. 오수철은 인공지능의 도움으로 구축된 방대하고 정교한 뇌 지도와 분석 데이터베이스로부터 그들의 폭력성을 통제할 수 있는 신경학적 메커니즘을 찾아냈다.

이병우의 경력은 특이했다. 전직 강력계 형사였다가 약대를 들어가 학위를 받고 대학 병원 부설 연구원에 들어갔다. 그에겐 일가족을 묻지마 살인 사건에 의해 잃은 아픈 상처가 있었다. 그는 장 회장의 슬픔을 누구보다도 깊이 이해했다. 동시에 흉악 범죄자를 극도로 혐오하고 있었다.

이병우는 연구원에서 뇌 기능 개선 치료제인 Sh-1을 연구했다. 하지만 Sh-1은 임상 시험 중 심각한 부작용이 발견돼 폐기의 갈림길에 서게 되었다. 사라질 뻔한 신약의 놀라운 효능을 발견한 것은 순전히 우연이었다. 공격성을 비정상적으로 증대시킨 실험용 쥐에 Sh-1을 주기적으로 투약했더니 그렇지 않은 쥐들에 비해 눈에 띄게 온순해졌다.

기존의 조울증 감소제나 신경안정제 같은 약물과 달리 부작용도 관찰되지 않았다. 쥐들은 무기력해지지도, 지능이 떨어지지도 않았다. 보통 쥐들처럼 생존에 충실했고 영역을 침범당하면 정상 수준의 방어 행동을 보였다. Sh-1을 투약한 미친 쥐는 약물 부작용이 전혀 없는 평범한 쥐로 돌아왔다. 이병우는 Sh-1을 '신의 실수를 치유하기 위한 물질'이라 말했다.

Sh-1은 짧은 촉진자를 가진 MAOA(Monoamine Oxidase A) 유전자에 영향을 주었다. MAOA는 공격적 행동과 연관되어 전사 유전자(Warrior Gene)라 불린다. ADHD, 반사회적 행동, 심각한 폭력성을 가진 사람들은 평범한 사람들보다 더 많은 전사 유전자가 있기 때문이라는 것이 학계의 일반적인 학설이다. Sh-1은 세로토닌 전달체 생산을 유발하는 DNA 조각이나 도파민의 비정상적인 과다 방출, 코르티코트로핀 분비 호르몬 등, 정신장애와 관련이 있는 뇌 물질에도 긍정적인 영향을 주었다.

개, 돼지, 원숭이를 대상으로 많은 임상 시험이 진행됐다. 덩치가 커질수록, 뇌 용적이 클수록, 인간 DNA와 유사할수록 Sh-1의 효과는 좋았다. 쉽게 흥분하지 않았고 함부로 공격성을 드러내지도 않았다. 약물 의존성도 없었고 눈에 띄는 부작용도 찾지 못했다. 모든 동물 실험 결과는 만족할 수준까지 올라왔다.

오수철 박사는 장 회장에게 놀라운 제안을 했다. 그것은 사람에 대한 Sh-1 약물 반응 실험이었다. 한마디로 안전성이 검증되지 않은 약물을 진짜 분노 조절 장애인, 범죄자, 사이코패스에게 투여하는, 법적으로나 도덕적으로나 사회 통념상 용납할 수 없는 위험한 생체 실험이었다.

장 회장은 그들이 찾아온 이유가 비단 연구에 필요한 금전적 지원 때문만은 아닐 거라고 생각했다. 정신이상자에게 외동딸을 잃은 아비의 마음을 오수철과 이병우는 잘 알고 있었다. 광인처럼 지내던 장 회장은 그들만이 딸의 원한을 풀 수 있는 유일한 사람들이라 생각했다. Sh-1의 성공은 악의 근원을 제거할 수 있는 첫 번째 가능성이 되리라 믿었다. 장석호 회장은 모든 지원을 아끼지 않겠다고 약속했다.

비밀 프로젝트는 마그리트의 껍질이라는 이름으로 불렸다. 작업은 사람들 눈에 띄지 않게 조용히 이뤄졌다. 연구실은 인적 드문 시골의 장 회장 소유 건물을 개조해 사용했다. 필요한 장비와 약품은 회사에서 가져왔다. 마그리트의 껍질을 수행할 연구원을 모집하는 것은 이병우가 맡았다. 약학부터 정신분석학까지, 범죄 심리부터 임상 시험까지 각 분야 전문가들을 모집했다.

프로젝트는 완벽한 점조직으로 돌아갔다. 모든 연구원은 시료를 받아 데이터를 분석하고 다음 지정된 사람에게 넘기는 방식으로 일했다. 서로는 얼굴도 이름도 몰랐다. 심지어 자기 일이 어떤 목적으로 쓰이는지도 명확하게 알지 못했다. 전체 계획과 진행 내용을 모두 파악하는 이들은 장석호, 오수철, 이병우, 세 명뿐이었다.

Sh-1을 투여할 피실험자를 찾아내는 것은 생각보다 어렵지 않았다. 정신병원에는 분노 조절 장애자, 경계성 사이코패스로 진단받은 환자들이 넘쳐났다. 그들은 실험을 위한 최적의 재료들이었다. 문제는 실험실로 데려오는 것이었다. 먼저 정신이상 장애 진단을 받은 무연고자들을 뒤져 후보를 추려냈다. 병원 직원들을 인맥과 돈으로 매수해 선정된 대상을 빼냈다. 그들은 치료 중 사망이나 자해로 인한 자살 등으로 처리됐다. 모든 것은 조용하게 진행됐다.

생체 실험의 총괄은 오수철이 맡았다. 이병우는 여러 가지 선례를 참고했다. '악마의 구멍'이라 불리는 제2차 세계 대전의 나치 생체 실험, 일본의 마루타 실험, 옴진리교의 시린 생체 실험 등을 면밀히 검토했다.

최종 모델은 1950년대 미 CIA의 '프로젝트 MK 울트라'를 택했다. 1974년 뉴욕 타임스에 의해 밝혀진 이것은 인간의 세뇌, 정신 지배를 목표로 한 대규모 비밀 실험으로 약물, 전자기, 방사능, 생물학, 최면 같은 다양한 방법을 사용했다. MK 울트라 프로젝트는 대상자에게 어떠한 고지도 없이 시행한 불법으로 훗날 밝혀졌고 20년이 지난 후에 빌 클린턴 대통령이 직접 대국민 사과를 할 정도로 파장이 컸다.

마그리트의 껍질에서는 본격적인 실험에 앞선 작업, 즉 MK 울트라와 달리 뇌 초기화를 위한 LSD 사용을 배제했다. 부작용이 심하고 불안정했기 때문이었다. 때문에 바르비투르산염, 암페타민, 디아제팜 같은 향정신성 물질로 제조한 특별한 약물을 사용했다. 거기에 반복적인 저강도 전기 충격을 가하고 멘털 레코딩 기법 등을 통해 뇌를 백지에 가까운 상태로 만들었다. 이런 일련의 초기화 과정을 거치면 비로소 껍질은 갓 태어난 어린아이처럼 변하고 모든 것을 받아들일 상태가 됐다.

연구원들은 실험실 안 비밀 장소에서 무슨 일이 벌어지는지도 몰랐다. 피실험자들은 일련번호가 붙은 '껍질'로 불렸다. Sh-1 반응 실험은 철저한 계획에 따라 진행됐다. 일부 껍질은 Sh-1만 일정량 투약하며 반응을 살폈고, 일부는 다른 약물과 병행하고, 또 일부는 대뇌 일부를 제거하고 투약하는 등, 다양한 방법이 시도됐다. 하지만 인간 생체 실험은 동물 실험과는 결과가 사뭇 달랐다. 일시적으로 폭력성이 줄어들고 안정화되는 듯했지만 일주일이 지나기도 전에 부작용이 나타났다.

첫 번째 껍질은 심혈관계 문제로 사흘 만에 사망했다. 두 번째는 약물 과다 복용으로 인한 환각 상태 비슷한 증상을 보였다. 그는 실험 전보다 더 강해진 폭력성을 드러냈다. 세 번째는 극도의 불안 증세와 함께 잠을 못 잤다. 그의 마지막 상태는 기이했다. 괴물이 이곳으로 찾아올 거라며 안절부절못했다. 자기 남근을 뜯어 먹으러 온다는 말도 했다. 그는 스스로 성기를 잘라 과다 출혈로 사망했다. 더는 실험을 진행할 수 없는 상태의 껍질들은 안락사 후 건물 지하에 있는 처리 시설에서 화장해 버렸다. 많은 껍질이 그렇게 폐기됐다.

장석호 회장은 양심의 가책을 받지 않았다. 놈들은 하나같이 종신형이나 사형 판결을 받은 이 사회의 쓰레기다. 모조리 사라져 버려도 슬퍼할 사람은 없다. 이 세상은 '마그리트의 껍질'의 완성을 위해 외롭게 싸우는 우리에게 고마움을 표해야 한다. 장석호 회장은 그렇게 믿었다. Sh-1의 개선에 예상보다 많은 시간, 돈, 노력이 들었다. 악을 통제해 인류를 잔혹한 범죄로부터 해방하겠다는 원대한 꿈은 멀어져만 갔다. 그래도 장 회장은 포기하지 않았다. 오수철과 이병우 박사를 필두로 의기투합했다. 실패를 거울 삼아 밤낮으로 매진했다. 그사이 또 수십 개의 껍질이 폐기 처분됐다.

1년의 시간이 지나고 나니 조금씩 가능성이 보이기 시작했다. Sh-1은 점차 부작용이 거의 없는 안정적인 물질로 개량, 발전됐다. 또한, 혈관 주사액이 아닌 음용 물질로 개발됐다. 무색, 무취의 Sh-1은 합성 마약처럼 음료에 타서 먹을 수 있게 됐다. 몸무게, 나이, 성별 등에 따라 얼마만큼의 양을 어느 정도의 주기로 투약하면 껍질이 평범한 인간처럼 바뀔 수 있는지, 그 상관관계도 밝혀냈다.

공격성의 안전한 통제. 보통 사람 수준의 분노나 슬픔의 감정은 유지함. 무기력증이나 과대망상증 같은 부작용 없음. 중독성 없음. 마지막 실험에서 긍정적인 최종 결과가 나왔다. 기적의 약은 밤늦게까지 칭얼대다 잠든 어린아이처럼 껍질들을 얌전하게 만들었다. 그러면서도 일상생활에는 전혀 지장을 주지 않았다. 외과적 수술 없이 오직 약물만으로 인간쓰레기를 정상인으로 변화시키는 것은 마치 마법과도 같았다.

남은 것은 최종 임상 테스트였다. 주기적으로 Sh-1을 투약받는 껍질을 실생활에서 관찰할 필요가 있었다. 우리 사회에서 평범한 사람, 정상적인 구성원으로 어울려 살아갈 수 있음을 증명해야 했다. 강력 범죄로 한 번도 경찰에 잡힌 적 없고, 병원 진단을 받은 적도 없고, 철저하게 정상인으로 위장한 넥타이를 맨 뱀 같은 존재. 그들에겐 특별한 껍질, 무균 상태의 껍질이 필요했다. 평범한 사람들 틈에서 생활하는 진짜 사이코패스가 필요했다.

이병우는 평범한 등산보다는 위험하고 스릴 넘치는 야간 단독 산행을 즐겼다. 특수부대 출신에 전직 강력계 형사여서 그런지 그는 익스트림 스포츠로 스트레스를 풀었다. 그날 새벽도 홀로 산등성이 몇 개를 넘어 내려오는 중이었다. 어둑한 산기

슭을 따라 울려 퍼지는 낑낑 소리, 귀를 괴롭히는 울부짖음, 고통 속에 발버둥 치는 소리. 하산 길에 이병우는 개의 비명을 들었다. 그는 발소리를 죽이고 소리의 진원지를 향해 다가갔다.

인적 없는 골짜기에서 한 남자가 나무에 매달아 놓은 개를 상대로 끔찍한 짓을 하고 있었다. 이빨을 뽑고, 혀를 자르고, 피부를 벗기고, 꼬리에 불을 지르고, 관절을 부리뜨렸다. 남자는 날카로운 칼을 꺼내 들고 1초의 주저함도 없이 개 머리통을 향해 내려찍었다. 칼을 빙빙 돌렸다. 뽑아낸 칼끝에는 주먹만 한 눈알이 붙어 있었다. 앞이 보이지도 않는 불쌍한 개는 피를 토하며 꿈틀대다 곧 잠잠해졌다.

주술적 의식? 변태적 쾌락? 아니면 어떤 목적을 가진 예행연습? 뭐든 간에 남자의 만행은 아직도 끝난 게 아니었다. 반쯤 피부가 벗겨지고 반쯤 새까맣게 타버린, 대롱대롱 매달린 길쭉한 몸뚱이에 무언가를 칼로 새겨 넣기 시작했다. 그는 노래를 흥얼거리며 작업에 여념이 없었다.

보통 사람 같으면 그 순간 바로 오줌을 싸버렸겠지만 이병우는 달랐다. 바위 뒤에 숨어 죽음의 의식을 훔쳐보던 그는 속으로 환호성을 질렀다. 그날 이병우는 장석호 회장에게 달려가 흥분한 목소리로 이렇게 말했다.

"최후의 껍질을 찾았습니다! 회장님."

이름 강규호. 감시 카메라를 판매, 관리하는 회사의 필드 엔지니어. 원룸에 사는 싱글, 한 치의 흐트러짐도 없는 삶을 사는 젊은 남자. 연구팀은 철저하게 뒷조사를 했다. 강규호는 마치 스위스 시계처럼 규칙적으로 지냈다. 회사, 집, 편의점, 책 대여점을 쳇바퀴 돌 듯 지냈다. 먹는 것도 편의점 밥과 콜라뿐이었다. 누구를 만나거나 놀러 나다니는 법도 없었다. 쉬는 날엔 종일 책만 봤다.

강규호라는 인물은 겉으로는 평범하고 완벽한 모범 청년이었다. 하지만 그의 가학적이고 변태적인 취미는 주기적으로 관찰됐다. 규칙적으로 길고양이나 유기견을 붙잡아 인적 드문 곳에서 죽을 때까지 고문했다. 범죄 이력을 조사했다. 교통법규 위반 같은 사소한 것만 있을 뿐 첫눈이 덮인 들판처럼 깨끗했다. 폭력성을 통제하지 못해 어릴 적부터 폭행, 강간, 살인 같은 강력 범죄 전과가 있는 사이코패스와는 완전히 달랐다.

오수철은 강규호 같은 부류를 지능적 정신이상 범죄자, 서번트패스라고 했다. 발톱을 피부 아래 숨기고, 타인 앞에서 고도의 통제력을 발휘하며, 성실과 배려가 몸에 밴, 선한 미소의 마스크를 쓴 남자라고 했다. 하지만 그에게는 늘 피와 살과 뼈의 냄새가 났다. 희미한 죽음의 냄새가 났다. 무언가 끔찍한 일을 저지르기 위한 예비 살인자의 악취가 풍겼다. 강규호는 마치 마그리트의 껍질을 위해 태어난 존재 같았다.

퇴근길, 다리 위를 걸어가던 강규호는 정신을 잃고 쓰러졌다. 인적도 없고 감시 카메라도 없는 다리에서 기절하게끔 만들기 위해 팀은 많은 공을 들였다. 만원 버스 안에서 특수 제조된 소형 마취 주사를 강규호의 허벅지에 찔렀다. 강규호는 짧은 고통에 잠깐 인상을 쓰긴 했지만 북적거리는 사람들 틈에서 무슨 일이 있었는지는 알아차리지 못했다. 약효가 전신에 퍼지는 시간을 정확히 계산해 투여했기 때문에 효과는 바로 나타나지 않았다. 실험팀은 그의 뒤를 조용히 밟았고 그가 쓰러지자마자 차에 실어 실험실로 데리고 왔다.

강규호는 환자용 침대에 누워 의식 없이 이틀을 보냈다. 48시간은 Sh-1 효과를 극대화하기 위한 중요한 시간이었다. 본격적인 실험에 앞서 베이스 약물과 저강도 전기 충격과 멘털 컨트롤 기법을 이용해 그의 정신을 실험을 위한 초기 상태로 만들었다. 그리고 네 시간마다 물과 액체화된 음식, 정해진 양의 Sh-1를 투약했다. 체내에 일정 농도의 Sh-1이 필요했으므로 꼭 필요한 사전 작업이었다. 동시에 실험실 밖에서도 준비가 차근차근 진행됐다. 강규호 집 구석구석에 몰래카메라를 설치했다. 그가 다니는 경로에 CCTV도 배치했다. 규칙적이고 행동반경이 좁은 그를 감시하기는 쉬웠다. 감시 센터는 집 근처 원룸 건물 5007호에 꾸렸다.

마지막 준비는 가장 힘들었다. 강규호를 가까이서 관찰할 훈련받은 전문가가 필요했다. 그의 변화를 관찰하기 위해서였다. 회의 끝에 하루 중 가장 많은 시간을 보내는 그의 회사에 이병우 박사를 위장 직원으로 투입하기로 했다. 하지만 그것만으로는 부족했다. 정확한 분석을 위해 복수의 관찰자가 필요했다. 이병우 박사는 한때 같은 연구소에서 일했던 연구원 차수림을 장석호 회장에게 소개해 줬다.

장석호 회장은 그녀의 신변이 위험해질 수도 있고 자칫 프로젝트의 비밀이 드러날 수도 있다는 이유로 난색을 보였다. 또한 강규호에게 의도적으로 접근해 사귀는 단계에서 발생할 수 있는 위험으로부터 차수림을 온전히 보호하긴 어렵다고 생각했다. 하지만 이병우 박사는 적극 그녀를 추천했다. 누구보다 믿을 만하고 똑똑하다는 이유에서였다. 게다가 차수림 자신도 어떤 상황을 만나더라도 잘 대처할 수 있다며 자신감을 드러냈다. 성공적인 프로젝트를 위해서라면 심지어 강규호와의 잠자리도 개의치 않아 했다. 결국, 장석호 회장은 그녀의 주장을 받아들였다.

최후의 폭격을 위해 출격 준비하는 전투 비행단처럼 이병우, 차수림은 꼼꼼히 계획을 세우고 준비했다. 가까이에서 강규호를 관찰해야 하는 차수림의 역할은 특히 중요했다. 개인 정신

클리닉을 운영하는 정신과 전문의 박석준이 강규호의 심리 분석을 위해 뒤늦게 합류했다.

강규호 회사에 대한 사전 준비는 장석호 회장이 직접 했다. 김형석 사장은 쉽게 포섭됐다. 그는 돈과 권력밖에 모르는 인물이었다. 장 회장은 김형석 사장의 회사를 몇 번이나 인수할 수 있을 만큼의 거금을 제시했다. 또한, 여러 건의 대규모 공사 계약도 약속했다. 장 회장의 요구 조건은 세 가지였다. 강규호를 다시 회사로 복귀시킬 것. 이병우, 차수림을 직원으로 채용할 것. 그리고 지금 들은 이야기를 누구에게도 발설하지 말 것.

약간의 수고로 거액을 손에 쥘 수 있으니 탐욕스러운 사장은 당연히 승낙했다. 게다가 강규호처럼 성실하고 실력 있는 엔지니어는 드물어서 어차피 퇴원하는 대로 바로 다시 부를 생각이었다. 사장은 회장의 저의를 의심하긴 했다. 정체불명 외부인들은 뭐 하는 사람들인지. 마그리트의 껍질이라는 불리는 비밀스러운 작업이 무엇인지. 왜 강규호를 관찰하는지 궁금증이 파도처럼 일었지만 받아먹은 엄청난 돈 때문에 겨우 입을 다물 수 있었다.

이병우에게는 이름만 있는 직책을 만들어주어 직원들의 의심을 피했다. 차수림은 비서로 채용했다. 물론 그들 모두 실제로 회사 일을 하진 않았다. 하지만 둘은 완벽한 역할극을 위해 업무 전반에 대해 철저히 공부해 뒀고 곧 전문가처럼 행동할 수 있게 됐다.

강규호를 일상에 복귀시키기 전, 마무리 작업을 했다. 다리 위를 걷던 마지막 기억의 조작. 즉, 납치를 사고로 위장하는 것이었다. 갈비뼈 몇 대를 부러뜨리고 두개골에도 상처를 냈다. 납치했을 때의 옷을 입히고 소지품도 그대로 넣어둔 채 다리에서 멀지 않은 강변에 버렸다. "누군가가 강가에 쓰러져 있어요!"라고 119에 신고했다. 최후의 임상 시험은 그렇게 시작됐다.

문제점을 발견할 때까지 그리 오래 걸리지 않았다. 그것이 실험을 망가뜨리는 잘못 끼워진 첫 번째 단추가 될 수도 있다는 점 때문에 모두 긴장했다. 강규호에게 나타난 Sh-1의 부작용은 그 전의 수많은 생체 실험에서 한 번도 관찰된 적이 없었다.

강규호는 역행성 기억상실 증상을 보였다. 사고 전 2년간의 기억을 모두 잊어버린 중증이었다. 이틀간 투약한 Sh-1이 강한 마취제와 어떤 화학적 반응을 일으켜 부작용이 생겼을 수도 있다. 아니면 강규호에게만 있는 이상 반응일 수도 있다. 혹 실험팀이 모르는 그의 지병과 관계가 있을 수도 있고 정말로 어디선가 머리를 심하게 다쳐 나타난 후발적 증상일 수도 있다. 기억상실 원인이 무엇인가는 중요하지 않았다. 중요한 것은 그는 이미 장석호 회장이 손을 쓸 수 없는 대학 병원 입원실에서 의사와 간호사들에 둘러싸여 있고, 조만간 퇴원할 예정이라는 사실이었다.

긴급회의가 열렸다. 대안이 없었다. 시간을 되돌릴 수도 없었다. 하지만 오수철은 긍정적으로 문제를 바라봤다. 기억이 지워졌다면 고려하여야 할 실험 변수, 즉, 과거 경험에 의한 습득 행동 변수가 더 단순해지는 것이 장점이 될 거라고 말했다. 이병우도 "새 술은 새 부대에."라며 차라리 잘되었다고 했다. 마그리트 껍질의 목적은 Sh-1이 실생활에서 사이코패스의 폭력성을 통제할 수 있는가를 밝히는 것이다. 정확한 데이터를 뽑아내기 위해선 모든 것이 제로 베이스인 편이 나을지도 모른다. 연구팀은 계획대로 가기로 했다.

주사위는 던져졌다. 강규호는 회사로 다시 출근했다. 회사, 집, 편의점, 책 대여점을 시계추처럼 오가며 변함없는 일상이 반복됐다. 24시간 돌아가는 수많은 카메라와 눈에 불을 켜고 보는 관찰자들 속에서 강규호는 녹화되고 분석되고 자료화됐다.

지속적인 Sh-1 투약을 위해 콜라를 이용했다. 강규호는 냉장고 안에 콜라를 늘 가득 채워두고 마셨다. 부지불식간에 일정량의 약물을 복용하게 하는 방법으로는 더할 나위가 없었다. 게다가 강한 콜라 향은 혹시나 남아 있을 약물의 흔적을 철저히 감췄다. 연구팀은 Sh-1을 희석한 콜라를 냉장고에 채워놓았다. 눈치채지 못하도록 그가 사놓은 평범한 콜라와 개수, 종류를 맞추어 교체했다. 예상보다 많은 콜라를 마시는 것은 전혀 문제가 되지 않았다. 고용량 비타민C처럼 Sh-1은 일정 농도 이상 체내에 흡수되는 경우 잉여분은 오줌으로 배출되기 때문이었다.

김형석 사장이 회식 때 잔뜩 술에 취해 강규호 앞에서 마그리트의 껍질에 대해 실언하거나 차수림을 진짜 자기 비서라고 착각하고 이런저런 잡일을 시킬 때를 제외하곤 모든 것은 계획대로 진행됐다.

본격적인 분노 통제 능력 실험은 약물 안정화 기간이 지난 후 시작됐다. 첫 번째는 도로 위에서 예상치 못하게 발생한 갈등 상황이었다. 폭주 깡패들과 맞닥뜨리는 일촉즉발의 상황이 연출되었다. 검은 선팅이 칠해진 BMW 승용차 안에서 강규호의 표정과 행동을 고스란히 촬영했다. 두 번째는 이병우 박사와의 무술 대련 중, 분노를 촉발하는 강한 육체적 고통에 대한 본능적 자위 반응 실험이었다. 세 번째는 갑질 고객의 폭력적 행동에 대처하는 강규호의 방어 행동력을 관찰하는 것이었다.

Sh-1의 효과는 연구팀도 믿기 힘들 만큼 좋았다. 공포 분위기를 만들던 깡패들, 일방적인 폭행을 가한 이병우, 골프채를 휘두르던 막무가내 아줌마. 강규호는 어떤 상황에서도 분노를 드러내지 않았다.

마지막 실험은 잔인했다. 애인의 죽음을 알게 되었을 때의 반응이었다. 가짜 경찰이 정교하게 만든 차수림의 가짜 시체

사진을 보여주면서 그럴싸하게 말할 때도 강규호에게는 정상인 수준의 슬픔만 관찰됐다. 과대망상, 무책임, 회피, 충동성, 목표의 상실, 병적인 조급증, 자해 같은 사이코패스 특유의 폭력성과 공격성은 보이지 않았다.

박석준은 심리 상담 기록, 비디오 판독, 관찰자 보고서 등을 자세히 분석했다. 강규호는 사이코패스에서 평범한 사회인으로 다시 태어났다는 중간 결론을 내렸다. 연구팀 모두가 환호성을 질렀다. 마그리트의 껍질은 성공을 목전에 두었다.

* * *

장 회장은 목이 말랐는지 생수를 컵에 따라 연거푸 들이켰다. 난 문득 궁금증이 생겼다.

"왜 마그리트의 껍질이라 이름을 붙였죠?"

"후후후. 그것이 그렇게도 궁금한가? 그렇다면 말해주지. 프로젝트명은 내가 만들었어. 아이의 죽음을 기리기 위해서. 우리 딸은 초현실주의풍의 그림을 아주 좋아했어. 그중에서 특히 르네 마그리트를 좋아했지. 아이가 어느 날 내게 허공에 떠 있는 사과 그림을 보여줬어. 마그리트에 대한 오마주로 아이가 직접 그린 그림이었어. 껍질이 바닥을 향해 물처럼 흘러내리고 안이 텅 비어 있는 푸른 사과. 꽤 인상적이었지. 무언가 꽉 막힌 답답한 가슴을 어루만져 주는 묘한 여운을 주는 작품이었어. 무엇을 생각하며 그린 거냐고 물어봤더니 이렇게 반문했어. '우리 모두는 겉을 감싼 껍질을 벗겨내면, 사실 똑같이 생긴 영혼을 가지고 있는 것은 아닐까요?' 이상도 하지. 그 말이 지금까지 머릿속에서 잊히질 않아."

"그래서 피실험자를 껍질이라고 불렀군요."

회장은 비웃었다.

"아니, 아니지. 정반대야. 사이코패스는 껍질을 벗겨내면 그 안에 영혼이라는 것이 없어. 텅 비어 있을 뿐이지. 그저 껍데기일 뿐이야. 인간의 형상을 닮은 껍데기, 가죽 피부가 덮인 마네킹, 타인의 마음을 헤아릴 줄도 모르는 플라스틱 인형."

회장은 나무판으로 가로막혀 밖이 전혀 보이지도 않는 창을 잠시 물끄러미 바라봤다. 입을 다시 열었다.

"아무 이유도 없이, 영문도 모르고 살해당하는 사람이 없는 세상. 미친놈들이 활개 치며 다니지 않는 안전한 세상. 사소한 말다툼으로 칼부림이 일어나지 않는 세상. 살인, 강간 같은 강력 사건은 영화에서나 볼 수 있는 세상. 그런 유토피아를 살아생전 볼 수 있으면 얼마나 좋을까. Sh-1을 물이나 공기처럼 부지불식간에 접할 수 있게 한다면 마음 깊숙이 있는 악의 근원을 원천적으로 차단할 수 있을 텐데. 정말 그런 세상이 온다면 하늘나라에 간 딸도 분명히 기뻐하겠지. 난 그렇게 믿었네."

늙은 눈동자는 꿈을 꾸는 듯했다.

"마그리트의 껍질은 성공적이었어. 불과 몇 시간 전만 해도 난 더할 나위 없이 기뻤네. 이렇게 냄새나는 창고에 감금되기 전까진 말이지."

"만일 실험이 실패했다면, Sh-1으로 내가 순둥이로 변하지 않았다면, 전 어찌 되었을까요?"

"부실한 과일은 즉시 따서 버려야지. 그래야 다른 과실수의 거름이라도 되지 않겠나. 그게 자연의 이치지."

"반대로 실험이 성공적으로 끝났다면요?"

"……."

"그러면 난 다른 이들처럼 계속 평범하게 살아갔을까요?"

"성공이든 실패든 상관없어. 약물 실험에 쓰인 동물은 즉시 폐기하는 법이야. 그게 제약 프로세스의 기본이지."

장석호 회장은 날 노려봤다.

"이젠 내가 물어볼 차례군. 언제부터 눈치를 챘나?"

"처음 금고를 발견했을 때부터요."

"금고? 금고라니?"

"당신들은 집 안 구석구석 감시 카메라를 설치했습니다. 벽, 천장, 액자, 심지어 TV의 화면 속에도 정교하게 숨겨 저 같은 전문가도 알아차리지 못할 정도였죠. 하지만 연구팀은 두 가지 큰 실수를 했습니다. 하나는 설치된 몰래카메라가 영상 캡처 전용이라는 점이에요. 만일 소리까지 녹음할 수 있는 최신형이었다면 나와 수림 씨가 침대에서 나눴던 대화를 듣고 모종의 조처를 했겠지요. 예를 들면, 금고의 존재 같은 것이요. 두 번째 실수는 카메라의 위치 선정이었습니다. 코딱지만 한 집에서 유일하게 카메라가 닿지 않는 곳. 5007호 감시 센터에서 전혀 볼 수 없는 장소는 바로 1.5평 화장실이었습니다."

장 회장의 얼굴이 일그러졌다.

"기억을 잃기 전 나는 화장실에 비밀 벽을 만들고 그 안에 금고를 설치해 두었습니다. 김미선이라는 여자 사진과 함께요."

"왜지?"

"그곳은 내게 제일 중요한 장소니까요."

"뭐?"

"화장실은 배설과 충전을 위한 작은 휴식 공간이에요. 그런 곳에 소중한 것을 모아두는 것이 이상한가요? 금고를 발견한 순간 전 직감적으로 알았습니다. 그 안에 내 진짜 모습을 알려줄 무언가가 있으리라는 것을요. 어떤 약물로도 제거하지 못한 일종의 생존 본능이랄까. 다행히 기억 노트에는 사진과 금고에 관해 전혀 적지 않았습니다. 만일 금고와 사진에 관한 걸 적고 박석준이 읽어보았다면? 생각만 해도 끔찍하군요. 하지만 문제는 사진 속 여자가 누군지, 금고 암호가 뭔지, 전혀 기억나지 않는다는 점이었습니다. 한 가지 사건이 일어나기 전까지 말이죠."

"……."

"김춘석과의 조우가 없었다면 영원히 나 자신을 찾지 못했을 겁니다."

"그렇군. 결국 김춘석 때문에 이 사달이 난 거였어. 놈의 출현은 연구팀 누구도 예상 못 했어. 그가 길거리에서 네놈을 본 것은 정말 우연이었어. 우린 실험이 시작된 지 한참이 지나서야 그의 존재를 알아차렸어. 비상 상황이었지. 김춘석이라는 불청객으로 인해 공들인 프로젝트가 수포가 될 수도 있으니까."

김춘석이 사건 해결의 시작이자 끝이었다는 사실에 나는 쓴웃음만 났다. 하지만 죽은 이에게 고마움을 표하기에는 이미 늦었다.

"선택지는 별로 없었어. 팀에서는 즉시 김춘석과 호텔 카페에서 만났어. 왜 널 미행하는지 물었지만 그는 정확한 이유를 대지 않았어. 하지만 이유 따윈 우리에겐 중요하지 않았어. 네가 눈치채지 못하게 놈을 너로부터 떼어놓는 것이 중요할 뿐이었지. 그 자리에서 더는 널 감시하지 않겠다는 약속을 받아냈고 그 대가로 돈을 지불했어. 물론 마그리트의 껍질은 언급조차 하지 않았지. 일주일간은 잠잠했어. 감시 카메라에도 너를 미행하는 김춘석의 모습이 찍히지 않았어. 순진하게도 우린 그를 믿었어."

"김춘석이 갑자기 사라진 이유가 그 때문이었군요."

"그래. 하지만 놈은 생각보다 영리했어. 김춘석은 너와 우리 간에 어떤 검은 커넥션이 있다고 생각했던 것 같아. 아마도 뒤를 봐주는 범죄 단체쯤? 소매치기 전과범인 그의 손은 머리보다 더 빨랐어. 우리가 함께 만나 협상을 벌이던 날, 팀원 중 한 명의 주머니에서 CCTV 감시 센터, 5007호 열쇠를 훔쳐냈어. 그가 열쇠를 훔쳤다는 것은 나중에 호텔 카메라에 잡힌 영상을 확인한 후에야 알았지."

"김춘석은 그날 팀원의 뒤를 밟았고 원룸 건물 5007호 위치까진 알아냈어. 하지만 그게 전부였어. 그 열쇠는 평범한 열쇠가 아니었으니까. 팬텀 키의 사용 방법을 모르고는 절대 문을 열 수 없으니까. 만일 그가 어떻게든 문을 따고 5007호로 들어왔다면 어찌 됐을까? 우리를 협박해 더 큰돈을 요구하거나, 경찰에 신고하려 했겠지. 하지만 어느 쪽이든 뜻대로 되지 않았을 거야. 쥐도 새도 모르게 그도 다른 껍질들처럼 폐기처분 되었을 테니."

어떻게 김춘석이 5007호 열쇠를 가지고 있었는지, 궁금증 하나가 드디어 사라졌다.

"그는 끈질기고 집요했어요. 다시 날 미행하기 시작했고, 그러다 격투가 벌어졌고, 난 거기서 팬텀 키를 얻게 됐죠. 아시다시피 놈은 차 사고로 죽어버렸고."

"이제 이해가 되는구먼. 넌 그렇게 5007호로 찾아 들어왔고 누군가에게 감시당한다는 사실도 알게 된 거야. 하지만 이상해. 어떻게 달랑 열쇠 하나만으로 어느 건물, 어느 방인 줄 알아낼 수 있었지? 게다가 열쇠는 평범한 키가 아니잖은가?"

"날 도와주던 성실하고 능력 있는 흥신소 사장 덕이죠."

장 회장은 눈을 질끈 감았다. 또 물었다.

"김춘석이 그토록 네게 집착했던 이유는 뭔가?"

"동생 김미선 때문입니다. 금고 앞에 붙어 있던 사진 속 여자죠. 김미선은 장기 실종자로 분류되어 있다가 최근에야 강원도 야산에서 시신으로 발견됐어요. 김춘석은 동생 살인범으로 날 의심했거든요."

"왜?"

"우린 한때 사랑하는 사이였으니까요."

회장의 관자놀이가 씰룩거렸다.

"참 웃기는군. 네놈 입에서 사랑이라는 단어가 나오다니."

나는 피식 웃었다.

"김미선은 오래전 실종됐습니다. 단순 실종 사건으로 처리됐지만 김춘석은 끝까지 날 의심했어요. 어느 날 김춘석이 찾아와 이런 말을 한 적이 있었어요. '미선이는 네가 평범한 사람이 아니라고 했다. 그런데도 널 사랑한다고 했다. 사랑은 어떤 사람도 바꿀 수 있다. 동생은 끝까지 그렇게 믿었다.' 착한 오빠 김춘석은 하나뿐인 혈육의 억울한 죽음을 어떻게든 밝히고 싶었나 봅니다. 김춘석을 만난 날, 난 김미선 사진 뒷면에 글을 적어뒀습니다. '뒤를 조심할 것.' 살기 넘치는 그의 눈을 본 순간 언젠가 내 등에 칼을 꽂으리란 걸 알았죠. 지옥 끝까지 날 쫓아올 거라는 걸 아마도 제대로 느낀 것 같아요."

"감시당한다는 것을 알아도, 사진 속 여자의 정체를 알아도, 정작 제일 중요한 기억은 돌아오지 않았습니다. 수림 씨가 없었다면 저는 아직도 어둠 속에 갇혀 있었을 겁니다."

그때까지 잠자코 듣기만 하던 차수림이 의자를 가져다 회장 앞에 놓고 앉았다.

"회장님, 제가 왜 규호 씨를 돕는지 궁금하시죠?"

노인의 눈빛에서 배신자를 향한 시퍼런 살의가 뿜어져 나왔다. 차수림은 빙긋이 웃었다.

"전 이병우 박사님과 연이 깊어요. 아시다시피 한때 같은 병설 연구원에서 일했거든요. 당시 박사님은 Sh-1의 숨겨진 효과를 비밀리에 연구하고 있었어요. 하지만 연구소 규정상 개인적인 약물 제조는 엄격히 금했죠. 그 일로 그는 연구소에서 쫓겨날 지경에 이르렀지만 전 끝까지 박사님 편을 들어주었습니다. 왜냐면 Sh-1에 관한 연구 내용이 아주 마음에 들었거든요. 이병우 박사님이 연구소를 그만둔 후 오래 지나지 않아 전화 연락이 왔어요."

'자네, 세상을 정의롭고 선하게 바꿀 수도 있는 연구를 함께

해보지 않겠나?'

"그의 한마디에 난 묘한 쾌감을 느꼈죠. 나중에 알게 된 사실이지만 이병우 박사님은 강력계 형사 출신답게 나에 관한 것을 철저히 조사했더군요. 범죄 이력은 물론, 가족 관계, 금전 거래 내용, 심지어 남녀 문제까지 말이죠. 회장님께 저를 소개해 주면서 했던 말을 지금도 잊을 수가 없어요. '묻지마 살인으로 가족을 잃은 내 심정을 제대로 이해하는 따듯한 여자다. 회장님의 원대한 계획을 진심으로 공감하고 있다.' 이병우 박사님은 누구보다 날 신뢰했습니다. 그때 회장님께서 절 보고 말씀하셨죠. 능력이면 능력, 미모면 미모, 거기다 성실하고 상냥하고, 뭐 하나 빠지는 것이 없다고."

"그런데 왜!"

장석호 회장은 버럭 소리를 질렀다. 차수림은 회장 귀에 입술을 가까이 댔다. 뜨거운 입김이 축 늘어진 귓불에 닿았다.

"그런데 말이죠, 사람은 보이는 것이 다가 아니에요. 사람들은 바깥의 껍질을 통해 안을 들여다볼 수 있다고 믿죠. 전체 남성의 4%, 여성의 1% 존재, 사회에서 영원히 사라져야 할 존재, 인간쓰레기, 피부 가죽이 입혀진 플라스틱 인형, 당신이 제일 혐오하는 속이 텅 빈 껍질. 난 말이죠, 강규호 씨와 같은 신인류, 사이코패스니까요."

회장의 안색이 바뀌었다.

"세상에서 제일 위험한 사람이 누군지 아세요? 그건 자기가 사이코패스인 줄 아는 사이코패스래요. MRI로 찍은 자기 뇌 사진을 보고 자신이 사이코패스의 뇌를 가졌다는 걸 알게 된 어느 뇌 과학자의 말이에요."

밤이 깊었다. 작업실 안 침묵은 밤의 강물처럼 묵직하게 흘러갔다. 열대우림 거목의 수액 같은 진득한 땀이 성성한 백발 사이로 흘러내렸다. 팔순 노인은 부르르 몸서리를 쳤다. 생수를 병째 들고 들이켰다. 짧고 불편했던 암묵은 금세 기이한 웃음소리로 바뀌었다. 가래 끓는 조소가 바닥에 깔렸다.

"큭, 그렇군. 내가 큰 실수를 했어. 큰 실수를…… 평생 수많은 사람을 만나 어떤 인간이든 금세 속내를 간파할 수 있다고 자만했던 탓이야. 네년의 정체를 제대로 보지 못한…… 다 내 잘못이야."

"사이코패스의 뇌를 가지고 태어난 자는 애초에 타인의 감정이란 것을 이해하지 못해요. 왜 슬퍼하는지, 왜 기뻐하는지, 왜 아파하는지, 왜 그리워하는지, 그런 것들을요. 대신 내겐 똑똑한 뇌가 있죠. 학창 시절부터 한 번도 1등을 놓쳐본 적 없고 언제나 사람들의 주목을 받았어요. 난 끊임없이 관찰하고 학습해 왔어요. 타인의 감정을 말이죠. 자원봉사는 내게 많은 것을 가르쳐주었어요. 어느 때 인간의 감정이 바뀌는지, 어떻게 반응을 보이고 행동해야 하는지, 언제 슬퍼하고 분노하고 기뻐해야 하는지. 미술도 그런 것을 이해하는 데 많은 도움이 됐고요."

차수림은 마리오네트 같은 표정으로 말했다. 장 회장이 일그러진 얼굴로 물었다.

"강규호에게 언제 네년 정체를 알렸나?"

"같은 부류라 해도 함부로 그런 걸 말하는 건 위험해요. 맹수들은 짝짓기하기 전 오랜 시간 서로를 관찰하는 법이죠. 무턱대고 올라타다간 물려 죽을 수가 있으니까요. 이병우 박사님과 마찬가지로 처음엔 저도 멀찍이 떨어져 바라볼 뿐이었습니다. 게다가 수많은 감시 카메라 때문에 뭔가 귀띔해 주는 것도 불가능했죠. 조심에 조심을 더해야 했어요. 서로 신뢰하지 못하는 상황에서 비밀을 알려주었다가, 규호 씨가 내 이야기를 노트에 적거나, 경찰에 신고하거나, 예상도 못 한 돌발 행동을 하게 되면 모든 것이 끝장이니까요. 우린 서로를 믿기까지 오래 걸렸어요."

"저놈을 사랑하나? 아니, 아니지. 사랑이라는 숭고한 감정이 무엇인 줄 네놈들이 알기나 하나?"

내가 대신 답했다.

"사랑하는지 아닌지, 글쎄요. 사실 지금도 잘 모르겠어요. 그저 이런 것이 아닐까 짐작할 뿐이죠. 함께 있으면 안정감을 느끼긴 해요. 뱀은 시력이 지독히 나쁘지만 서로를 금세 알아차려요. 특유의 체취로 말이죠. 수림 씨에게선 좋은 냄새가 나요. 나만 맡을 수 있는 향기가요. 당신들이 뜨거운 심장 안에서만 오롯이 느낄 수 있다는 사랑이라는 모호한 존재를 우린 냄새로 확인할 수 있어요."

차수림이 손을 뻗었다. 손바닥이 내 뺨을 어루만져 주었다. 손을 잡았다. 우리의 두 손은 깍지가 끼워진 상태로 서로를 보듬었다. 그녀의 이야기가 끝을 향해갔다.

"갑작스러운 연인의 실종, 아포리즘 연쇄살인범에 의한 죽음, 암매장, 벌거벗겨진 끔찍한 시신. 그것은 마그리트의 껍질의 마지막 단계, 최후의 임상 테스트였습니다. 마지막 실험이 다가올수록 난 불안해지기 시작했어요. 만일 규호 씨가 자제력을 잃고 공격성을 보인다면, 그 모습이 수많은 CCTV에 잡힌다면, 규호 씨는 그걸로 끝이 났을 거예요. 다른 껍질들처럼 연구실 지하 소각장에서 한 줌 재가 되었을 거예요. 그리고 아무 일도 없었다는 듯, Sh-1을 개량하고 다른 껍질을 찾아 실험을 다시 시작했겠죠."

"……."

"화를 내선 안 돼, 무슨 일이 있어도. 난 끊임없이 규호 씨에게 신호를 보냈습니다."

장석호 회장은 목이 타는지 페트병을 통째로 들고 입에 댔다. 하지만 물은 이미 바닥을 드러냈다. 그가 병을 바닥에 집어

던졌다.

"금고 비밀번호는 어떻게 알아냈나?"

"수림 씨가 알려준 셈이죠."

차수림이 내 말을 받았다.

"규호 씨조차 기억 못 하는 패스워드를 알아내는 것은 사실 불가능했습니다. 하지만 비밀 금고를 화장실에 숨겨놓았다는 이야기를 듣고 난 후 뭔가 감을 잡았어요. 박석준은 규호 씨에 대해 이런 분석을 한 적이 있어요. '이 껍질은 수집, 관리형 사이코패스라고 볼 수 있어요. 이런 부류는 어느 하나에 관심을 가지게 되면 무섭도록 집중하고 수집하고 정리하죠. 그래서 모든 것을 병적으로 기록합니다. 특히 정말 소중하게 여기는 자신의 수집품에 대해서는 그 정도가 더 심하죠. 이런 걸 딥 라벨링 증후군이라고 해요. 지독하게 책에 매달리는 이유도, 일상 생활이 시계추처럼 정확한 것도, 강박적으로 한정된 음식만을 섭취하는 것도 다 거기에 연유합니다.' 난 규호 씨에게 소중한 무언가가 금고 속에 있을 것이라 확신했습니다. 만일 그것을 보게 된다면 '기억의 트리거링'이 일어나 잃었던 기억을 되찾지 않을까? 확률은 낮아도 가능성은 있었죠."

차수림이 말을 하는 동안에 장석호 회장은 기침을 계속했다. 기침은 한동안 멈추지 않았다. 회장은 손등으로 입가의 침을 닦아냈다. 그녀는 설명을 이어갔다.

"규호 씨가 집에 두고 온 매뉴얼을 가져다 달라고 부탁하던 날, 난 화장실 비밀 금고 앞에 섰어요. 숫자 패드를 자세히 들여다봤습니다. 숫자 1에는 'QZ', 숫자 2에는 'ABC', 3에는 'DEF'. 숫자 밑에는 각각 두세 개의 알파벳이 붙어 있었어요. 혹시 금고 비밀번호는 단어 철자의 조합이 아닐까? 딥 라벨링 증후군 환자라면 과연 어떤 단어를 번호로 썼을까? 난 생각나는 단어를 하나씩 입력하기 시작했어요. Book, 2665. Coke, 2653. Death, 33284. Murder, 687337……. 아니요, 아니었습니다. 계속된 입력 오류에 금고는 에러음을 내며 잠금이 걸려버렸어요."

"……."

"난 박석준의 진단을 다시금 상기해야만 했어요. 규호 씨의 반복된 악몽에 대해 그는 이런 해석도 내놓았지요. '꿈속의 그는 언제나 꼼짝할 수 없는 상황에 부닥쳤다. 현실의 답답한 처지가 꿈에 반영된 것 같다. 잠재의식이 불완전하게 탈바꿈돼 현실이라는 이름의 바다 위에서 방향을 잃고 떠돈다. 하지만 악몽에도 공통점은 보인다. 그것이 상징하는 바를 좀 더 살펴봐야겠다.' 공통점이라. 공통점……. 난 그동안 규호 씨에게 들은 꿈 이야기를 되짚어 봤어요. 그 순간 머릿속에서 단어 하나가 번뜩 떠올랐습니다. 그것은 눈동자였습니다."

차수림은 잠시 말을 멈추었다. 그러다 빤히 장 회장의 눈을 바라보며 이야기를 이어나갔다.

"난 M이 쓰여 있는 숫자 6을 눌렀습니다. Y가 쓰여 있는 숫자 9를 눌렀습니다. E가 적힌 숫자 3을 눌렀습니다. 이어 9, 3, 7을 눌렀습니다. 693937. MY EYES. 그래요, 비밀의 문은 그렇게 열렸습니다. 그리고…… 금고 안의 것들을 보게 된 순간, 나는 웃음을 참을 수 없었어요."

차수림은 깔깔거리며 웃었다.

"'날 사랑한다면 내가 묻힌 공원묘지로 오세요.' 난 금고 안에 그렇게 적은 쪽지를 넣어두었어요. 규호 씨에게 주는 나의 두 번째 선물, Sh-1 원액이 담긴 50cc 병과 함께요. 감시 카메라도, 관찰자도 없는, 평화롭게 잠든 이들만 있는 평온한 묘지에서 우린 다시 만났어요. 그리고 내 빈 무덤 옆에서 마그리트의 껍질에 관해 이야기해 주었습니다. 규호 씨는 맹수처럼 날뛰며 기뻐했어요. 어찌나 행복해하던지. 내게 마구 키스를 퍼붓고 심지어 그 자리에서 흐드러지게 섹스도 벌였지요."

"……"

"그렇게 규호 씨는 온전히 자신을 찾게 되었습니다."

"……"

"그리고 당신의 꿈, 마그리트의 껍질은 실패로 끝났습니다."

장석호 회장이 소리쳤다.

"말도 안 되는 소리! 저놈은 모든 테스트에서 한 번도 이성을 잃은 적이 없었어. 놈은 Sh-1의 힘에 철저히 통제되고 있던 거야."

차수림이 웃음을 터트렸다. 나도 실소를 참기 어려웠다. 장회장은 두려움과 의아함이 섞인 눈으로 우리를 번갈아 쳐다봤다. 내가 말했다.

"당신들은 정말 순진했어요. 멍청할 정도로. 차수림과 사귀기 시작하면서 난 한 방울의 콜라도 마시지 않았습니다. Sh-1이 섞인 콜라는 냄새만 풍기며 매일같이 화장실 변기로 흘러 갔죠. 어떤 상황에서도 분노를 표출하지 않은 것은 약물의 힘이 아니라 차수림과의 약속 때문이었고 온전한 내 의지였습니다."

"당신…… 샴페인을 너무 일찍 터트렸어. 둘의 진짜 관계를 알았다면, 화장실에 카메라를 설치했다면, 모든 것이 달라졌을 텐데."

장석호 회장은 머리를 감싸 쥐었다. 후회의 물결이 얼굴에 스쳐 지나갔다. 내가 말했다.

"수림 씨 덕에 이제 금고 문은 활짝 열렸습니다. 과거는 천천히 세상 밖으로 나왔습니다. 그리고 잠들어 있던 내 기억들이 하나둘 살아 움직이기 시작했습니다. 기억의 트리거링은 머릿속의 종을 미친 듯이 쳐댔습니다. 난 웃음을 멈출 수가 없었습니다. 환희와 슬픔, 고통과 쾌락, 폭소와 비통함이 한꺼번에 내 몸속으로 쏟아지는 듯한 그 기묘한 감정을 아마 평생 잊을 수 없을 겁니다."

"그래서…… 금고 안에는…… 무엇이 있었나?"

장 회장은 침을 꿀꺽 삼켰다. 난 상의 주머니에서 손가락 세 개 정도 되는 지름의 유리병을 꺼냈다. 병뚜껑은 단단히 봉해 진 상태였고 안은 진한 암갈색 액체로 채워졌다. 병을 흔들어 장석호 회장의 손에 건넸다. 부드러운 진동이 느껴졌다. 뿌연 부유물이 가라앉으며 액체가 조금씩 맑아졌다. 덩어리 같은 것 이 느릿느릿 회전하며 형태를 드러냈다. 두 개의 눈알은 무중 력 상태에서 춤을 추듯 너울거렸다. 몸체에 매달린 뻘건 신경 다발이 마치 금붕어의 화려한 꼬리처럼 흐느적댔다. 회장을 바 라보는 눈알은 눈물을 흘렸다.

"악!"

회장은 외마디 비명을 지르며 병을 떨어뜨렸다. 병은 요란한 소리와 함께 바닥에 떨어졌다. 난 병을 집어 들었다. 강화 유리 로 만든 표면은 흠집 하나 없었다. 그는 뒷걸음치려고 발버둥 을 쳤다. 그러나 하체가 의자 다리에 묶여 있어 그대로 뒤로 넘 어갔다. 난 넘어진 장석호 회장에게 다가갔다. 앞에 쪼그리고 앉았다.

"거기에는 많은 병이 있었습니다. 알코올과 방부제로 채워져 있는 작은 병이었죠. 그 안에는 너무나 소중한 것들이 있었습 니다. 별처럼 빛나는 눈알들을 본 순간 난 깨달았습니다. 나의 진짜 모습을. 아포리즘 살인자로서의 나를. 우연히 만난 10대 가출 여자아이, 길거리에서 구걸하던 노숙자, 오피스텔에서 몸을 팔던 아줌마, 내게 담뱃불을 빌려달라던 남자, 양장피를 배달하던 중국집 배달원 그리고 김미선까지. 이 친구들은 좁고 어둡고 축축한 금고 안에서 정말 오랫동안 기다려줬구나. 난 모두에게 미안하고 고마웠습니다."

회장의 입술이 부들부들 떨렸다. 핏발 선 눈동자가 강한 스매싱을 맞고 튀어 오르는 스쿼시 공처럼 빠르게 움직였다.

"특히 회장님 따님에게."

병을 회장 눈앞에 가까이 댔다.

"참 오랜만이죠? 따님의 눈을 이렇게 바라보는 것도."

"아니야! 아니야! 말도 안 돼! 딸을 죽인 놈은 잡혔어. 그놈은 정신병원에서 죽었다고!"

"아니요, 죽지 않았어요."

"뭐?"

난 히죽 웃어 보였다.

"날 보세요. 이렇게 살아 있잖아요?"

회장의 눈이 뒤집혔다. 입에는 허연 거품을 물었다. 백발이 곤두섰고 그 뿌리가 벌겋게 달아올랐다.

"이 개새끼! 미친놈! 네놈을 내가 살려둘 것 같아! 갈기갈기 찢어버릴 테다!"

그는 발악했다. 몸부림쳤다. 의자에 묶인 채 바닥을 지렁이처럼 뒹굴었다. 난 늙은 몸뚱이의 몸부림을 감상했다. 차수림이 내 곁에 다가왔다. 키스했다. 키스는 달고 향긋했다. 회장은 우리를 노려보며 사람의 것이라고는 믿기지 않는 소리를 질렀다.

경련의 시간이 지나갔다. 세 사람 사이에는 공허한 적막만이 남았다. 장 회장은 차가운 바닥에 누워 숨을 몰아쉬었다. 간혹 "커억." 하며 기도가 막히는 소리를 내기도 했다. 뚫린 구멍마다 끈적이는 액체가 흘러내렸다. 그는 쥐어짜듯 말을 이어갔다.

"나 하나 죽인다고 악마를 없애버리려는…… 인류의 노력이 사라질 것 같은가? 억울하게 죽임을 당한 가족의 원통이 사라질 것 같은가? 난 비록 패했지만 나 같은 이들은 계속 나타날 것이다. 인간은 결코 짐승에게 패하지 않는다. 기꺼이 목숨을 내걸고 싸울 것이다. 오롯이 선을 추구할 뿐이다. 그것이…… 따듯한 피가 흐르는…… 사람이다. 이 세상엔…… 아무것도 바라는 것 없이…… 자기를 숨기고…… 악과 대적하는 이들이 있다."

난 고개를 저었다.

"아니요, 회장님 말씀은 틀렸어요."

"……."

"선이 악과 사투를 벌인다는 말은 악도 죽음을 각오하고 선과 싸운다는 말이기도 해요. 목숨 건 전쟁에는 정의도, 불의도, 옳고 그름도 없어요. 오직 살거나, 죽거나 둘 중 하나뿐이죠. 인간이 가진 근원의 악을 없앤다? 사람들이 선을 꿈꿀수록 악은 점점 더 커져요. 악은 선의 그림자입니다. 모든 악한 것들이 세상에서 없어지면 좋은 날이 올 것 같나요? 세상에 온갖 종류의 선들만 남았을 때 그중 덜 선한 것이 악이 됩니다."

장석호 회장의 몸이 간헐적으로 발작을 일으켰다. 그는 정신을 가다듬으려고 애를 썼다. 얼굴에 땀이 비 오듯 흘러내렸다. 팔다리가 부들부들 떨렸다.

"회장님, 회장님은 인간의 폭력성을 뿌리째 뽑아 아름다운 세상을 만들길 바랐죠. 간곡한 바람의 심연에는 죽은 따님에 대한 사무치는 그리움이 있을 겁니다. 하지만 당신의 무모한 도전을 위해 껍질들은 수도 없이 폐기됐습니다. 심장이나 폐가 망가져 죽고, 혈관이 딱딱하게 굳어 죽고, 약물 부작용에 뇌세포가 다 말라 죽고, 헛것을 보며 제 성기를 자르다 과다 출혈로 죽었죠. 단지 마음이 병들었다는 이유로요."

"……."

"보통의 인간은 악하지도 선하지도 않은 상태로 태어나 그 중간 어딘가에서 죽어요. 하지만 특별한 사람들은 극단에서 태어나 극단에서 죽죠. 우린 무언가를 죽이기 위해 태어났어요. 그게 삶의 방식이고 목적이죠. 우리에게 살인은 식욕과 성욕처럼 본능에 가까워요. 우린 오래 생존하기 위해서 성실과 친절과 매너를 배우죠. 보통 사람들이 더 많이 돈을 벌고 더 좋은 직장을 다니기 위해서 영어 학원에 다니는 것처럼요. 난 책에서, 영화에서, 미술에서, 음악에서 평균의 사람들 감정을 학습해요. 그리고 당신들이 만들어놓은 사회 규범이라는 가면을 얼굴 위에 뒤집어쓰죠."

"너, 너희들은 결코 세상에 태어나서는 안 되는……"

장 회장은 다시 기침을 했다. 기침은 그의 일갈을 가로막았다.

"사자는 아무리 노력을 해도 먹이를 사랑할 순 없는 법입니다. 악의 페르소나는 기원전부터 존재했어요. 넥타이를 맨 뱀들은 항상 갈라진 혓바닥과 이빨 사이의 독을 보이지 않게 감추고 살아요. 미친놈들을 모두 잡아 죽여도 우리 같은 이들은 계속 태어날 것입니다. 그리고 그들은 당신들의 사랑을 받고 자라 아무 이유 없이 사람들을 죽일 겁니다."

쿨럭쿨럭. 그의 입에서 울컥 피가 쏟아졌다. 손으로 입을 닦았다. 장 회장은 피범벅이 된 손을 보고 놀랐다. 하지만 어떻게든 침착함을 유지하려 했다. 그는 끝까지 희망을 내려놓지 않았다.

"……네놈은 날 절대 못 죽여. 난 마그리트의 껍질에 대해 모두 말했어. 그렇게 해준다면…… 손끝 하나 건드리지 않겠다고 넌 약속했어. 하늘에 대고…… 맹세까지 했어."

난 빙긋 웃었다.

"물론 약속은 지킵니다. 난 회장님 몸에 손끝 하나 대지 않을 거예요. 대신 다른 녀석이 올 겁니다."

"뭐?"

바닥에서 굴러다니는 페트병을 집어 바닥이 빈 것을 확인했다. 시계를 보았다. 이제 준비는 모두 끝냈다. 손가락으로 천장을 가리켰다.

"누군가가 온 것 같군요."

장석호 회장의 시선이 천장을 향했다. 그는 뚫어지게 위를 봤다. 검은 구체가 불안하게 움직였다. 숨을 몰아쉬었다. 떠듬떠듬 말을 이었다.

"천장에…… 놈이…… 있, 있어."

차수림은 고개를 들어 작업실 천장을 바라보았다. 머리 위에는 방음 처리된 검은색 엠보싱만 덕지덕지 붙어 있었다.

"놈이, 날 먹으러, 온, 온다."

"……"

"사, 사, 살려줘!"

비정상적인 각도로 사지가 뒤틀렸다. 동공은 흰자위가 거의 보이지 않을 정도로 확장되었다. 눈꺼풀이 지진 측정계의 바늘처럼 요동쳤다. 울퉁불퉁한 심줄이 툭툭 튀어나오며 심한 경련을 일으켰다. 온몸이 꺾일 수 없는 방향으로 꺾이고 혀가 넥타이처럼 풀리며 가슴 가까이 내려왔다. 눈알이 풍선처럼 부풀어 올랐다.

아쉬웠다. 만일 지금 손에 메스만 있다면 당장 저 눈알을 도려내 병에 담을 텐데. 드디어 장석호 회장은 숨이 끊어졌다. 차가워진 바닥에 구겨진 채 눈을 감지도 못하고 죽었다. 마지막 호흡은 주변 공기 속에 빨려 들어가 얼어붙었다.

차수림은 이젤을 펼치고 캔버스를 그 위에 올렸다. 그리고 이내 아무렇게나 사지가 엉켜버린, 벌거벗겨진 장 회장의 몸을 그리기 시작했다.

에필로그

절단된 장석호 회장의 시체를 연구실 소각기에 집어넣었다. 덩치가 커서 그런지 모두 타는 데 시간이 꽤 걸렸다. 김미선 사진도 불에 태웠다. 눈알이 담긴 병도 함께 집어넣었다. 나의 소중한 수집품을 태워버리고 싶지 않았지만 모든 증거는 없애야 한다고 차수림이 말했기 때문이다.

"게다가 그건 장 회장 딸의 눈이 아니잖아."

"맞아, 김미선 것이지."

"그런데 왜 그렇게 말했어?"

"회장이 날 실험했듯이 나도 그를 테스트해 보고 싶었어. 죽은 딸아이의 눈알이라고 말하면, 내가 딸을 죽인 살인자라 하면 어떤 반응을 보일까 해서. 평범한 사람들의 분노의 끝이 어딜까 궁금했어."

"미쳤어."

그녀가 웃었다. 나도 따라 웃었다.

"딸을 죽인 살인범은 오래전 병원에서 죽었어. 회장은 그 사실을 잘 알면서도 내 거짓말을 더 믿었지. 궁지에 몰리자 이성이 마비되고 기억 또한 왜곡된 모양이야."

"극도의 흥분 상태라면 가능한 이야기겠지."

"수림 씨, Sh-1을 일반인에게 투약하면 어떻게 되는지 궁금하지 않아?"

"그런 생각은 안 해봤어. 약이란 그것을 필요로 하는 환자를 위해 개발되는 법이니까."

"난 궁금했어. Sh-1을 보통 사람에게 투약하면 어찌 될까? 다행히 실험 대상은 많았어. 사장님 운전기사에게 Sh-1을 탄 커피를 주었고 박석준에게는 Sh-1 원액을 매 쪽 귀퉁이에 묻힌 책을 선물했어. 그 선생은 책장을 넘길 때마다 침을 바르는 버릇이 있었거든. 흥신소 남자에겐 약을 섞은 음료를 줬어. 잠복 중이던 그를 우연히 만난 척하면서."

"최경식 대리는 왜 죽였어? 그래도 규호 씨와 제일 친했잖아."

"그는 계획에 없었어. 차 좀 태워달라며 사정하는 통에 우연히 사장 차에 탄 것뿐이야. 타지 않는 편이 좋을 것 같다고 했지만 소용없었지."

"안됐네."

"어쩌겠어, 거기까지가 선배 운명인걸."

"생각해 보니 그러네. 다 그 사람 탓이야."

"실험 결과는 아주 만족스러웠어. 그들은 모두 몇 시간 안에 죽었어. 하나같이 환각을 경험하며 숨이 끊어졌지."

"부검에서 약물 반응이 나올까 봐 걱정하진 않았어?"

"Sh-1은 세상에 알려진 약물이 아니니 알아낼 수도 없겠지. 게다가 여섯 시간이면 흔적이 없어져 버리잖아. 살아 있을 땐 오줌과 땀으로 배출되고, 죽으면 혈액과 반응해 사라지니까."

"풋. 이젠 약리학자가 다 되셨네."

그녀는 장석호 회장의 불붙은 다리를 바라보며 웃었다.

"난 장석호 회장에게도 본인이 만든 약을 경험하게 해주고 싶었어. 그래서 생수병에 Sh-1을 미리 섞어놨지. 자정 전에 반응이 나타날 수 있도록 희석 비율까지 계산해 다 맞춰 넣었고. 하지만 예상보다 반응이 늦게 나타났어. 물 한 통을 다 마실 때까지도 아무런 증상도 없다가 눈알을 보고 나서야 비로소 반응을 보였어. 특이 체질이었을까. 분노가 뇌에 영향을 준 걸까. 아니면 딸을 그리워하는 마음이 그렇게 만들었을까."

"……"

"마지막에 그의 눈에 무엇이 보였는지 궁금해. 하지만 이젠 소용도 없지. 물어보기도 전에 죽어버렸으니까. Sh-1에 대해 일아내야 할 것이 아직 많아."

"그리 궁금해할 것은 없어."

"왜?"

"실험 대상은 많이 남았거든."

"음?"

"연구원은 아직 더 있어."

"언제 볼 수 있지?"

"월요일 아침. 연구실로 모두 올 거야. 내가 전원에게 메시지를 보냈거든. 그리고 오수철 박사도 곧 귀국할 거래. 틀림없이 제일 먼저 여기로 오겠지."

"계획을 빨리 세워야겠는걸."

밖으로 나왔다. 어스름이 내렸다. 차수림이 내게 팔짱을 꼈다. 어둠이 막 깔리기 시작하는 길을 나란히 걸었다. 차수림은 혼잣말처럼 중얼거렸다.

"장석호 회장의 마지막 말이 계속 머릿속에서 맴돌아."

"무슨 말?"

"이 세상엔 자기를 숨기고 악과 대적하는 이들이 있다는 말."

"……."

"아무것도 바라는 바 없이, 제 목숨을 걸고서."

"그런 사람들이 정말 있을까?"

그녀의 시선이 앞을 향했다. 물끄러미 바라보다 문득 환한 미소를 지었다.

"참 예뻐."

난 하늘을 봤다. 저녁노을이 진하게 물들었다. 노랗고 붉게
적셔진 구름 덩어리가 느릿느릿 흘러갔다.

"그러게, 말고기 핏물 같아."

차수림이 옆구리를 찔렀다.

"아니, 저 연인들."

앞에는 다정하게 손을 잡은 채 데이트를 즐기는 연인이 있었
다. 우린 그들을 따라갔다.

⟨끝⟩

마그리트의 껍질

2022년 12월 12일 초판 1쇄 발행

지은이 최석규
펴낸이 박시형, 최세현

책임편집 김명래 **디자인** 임동렬 **교정교열** 이민영
마케팅 이주형, 양근모, 권금숙, 양봉호 **온라인마케팅** 신하은, 정문희, 현나래
디지털콘텐츠 김명래, 최은정, 김혜정 **해외기획** 우정민, 배혜림
경영지원 홍성택, 이진영, 김현우, 강신우
펴낸곳 팩토리나인 **출판신고** 2006년 9월 25일 제406-2006-000210호
주소 서울시 마포구 월드컵북로 396 누리꿈스퀘어 비즈니스타워 18층
전화 02-6712-9800 **팩스** 02-6712-9810 **이메일** info@smpk.kr

쌤앤파커스(Sam&Parkers)는 독자 여러분의 책에 관한 아이디어와 원고 투고를 설레는 마음으로 기다리
고 있습니다. 책으로 엮기를 원하는 아이디어가 있으신 분은 이메일 book@smpk.kr로 간단한 개요와 취
지, 연락처 등을 보내주세요. 머뭇거리지 말고 문을 두드리세요. 길이 열립니다.